新潮文庫

新釈 遠野物語

井上ひさし著

目次

新釈　遠野物語

鍋《なべ》の中

柳田国男は『遠野物語』を次のように始めている。

「此《この》話はすべて遠野の人佐々木鏡石君より聞きたり。昨明治四十二年の二月頃より始めて夜分折々訪ね来《きた》り此話をせられしを筆記せしなり。鏡石君は話上手には非《あら》ざれども誠実なる人なり。自分も亦《また》一字一句をも加減せず感じたるままを書きたり。思ふに遠野郷には此類の物語猶《なほ》数百件あるならん。我々はより多くを聞かんことを切望す。国内の山村にして遠野より更に物深き所には又無数の山神山人の伝説あるべし。願はくは之《これ》を語りて平地人を戦慄《せんりつ》せしめよ……」

柳田国男にならってぼくもこの『新釈遠野物語』を以下の如《ごと》き書き出しで始めようと思う。

「これから何回かにわたって語られるおはなしはすべて、遠野近くの人、犬伏《いぬぶせ》太吉老人から聞いたものである。昭和二十八年十月頃から、折々、犬伏老人の岩屋を訪ねて筆記したものである。犬伏老人は話し上手だが、ずいぶんいんちき臭いところがあり、ぼくもまた多少の誇大癖があるので、一字一句あてにならぬことばかりあると思われる。考えるに遠野の近くには、この手の物語がなお数百件あることだろう。ぼくとしってはあんまりそれらを聞きたくはないのであるが、山神山人のこの手のはなしは、平地人の腹の皮をすこしはよじらせる働きをするだろう」

犬伏老人にはじめて逢《あ》ったのは、いまも書いたように、かれこれ二十年ばかり前のことで、ぼくはその頃、入学したばかりの大学の文学部を休学し、遠野から更に東の海岸へ汽車で一時間ほど先の、釜石市という港町に住んでいた。学資が続かなくなったのと、学校の勉強がつまらないというふたつの理由から休学することにしたのである。その港町では、母が小さな酒場をやっていた。しばらくの間、ぼくはその酒場の二階の三畳間で寝起きしながら、どこかに恰好《かっこう》の働き口はないものかと、職業安定所に日参する毎日を送っていた。

一カ月ほどして、願ってもない勤め口が見つかった。港町から歩いて二時間ばかり遠野の方角へ逆もどりした山の中にその夏、新設された国立療養所が職員を募集しているというのだった。給料は安いが、勤務時間は九時から五時までで残業はない。夜は自分の自由に使えそうである。食と住は、母親の所から通えばただだから、給料に手をつけずにそっくり貯《た》めればそれが学資になる。夜は、勉強をしよう。そして学費の安い国立大の、できれば医学部を受験し直そう。

そんな皮算用をしながら応募したところ、運よく試験に受かったが、療養所の職員を実際にやって見ると、これが考えていたよりもはるかに重労働だった。手に持つのはせいぜいペンぐらいだろう、仕事は帳簿つけかなんかだろうとたかをくっていたら、出勤した日から手斧《ちような》を持たせられた。療養所の背後はすぐ山だが、この山は療養所の所有になるもので、山の枯木枯枝を手斧で切って、冬季の、事務所のストーブにくべる薪《まき》を用意するのが、秋の間のぼくの仕事だったのである。

最初の日、慣れない手斧を握ったために、半日で掌に肉刺《まめ》がいくつも出来た。昼休みにつぶれた肉刺の水腫《すいしゆ》にふうふう息を吹きかけながら休んでいると、谷川をはさんだ向いの山から不意に突き刺すように、ラッパの音が聞えてきた。ラッパといってもそれはただのラッパではなくトランペットで、谷川の水よりも澄み切った音が喨々《りようりよう》とあたりの山をかけめぐった。素人の耳にも、これはずいぶん年季が入っているなとわかる音色だった。

いったいこんな山の中で誰がトランペットを吹いているのだろうか。眼を細めて向いの山を眺めると、山腹の中ほどに黒々とした穴が見え、その穴の横に人影がひとつあった。ときおり、その人影がぴかりぴかりと眩《まぶ》しく光る。トランペットが太陽の光をこちらへはね返してくるのだろうか。

聞き惚《ほ》れているうちに昼休みが終り、トランペットの音もやんだ。人影は穴の中に消えたが、彼我のへだたりは直線距離にして百米《メートル》はたっぷりあったから、人相や服装は一切判然としない。

（東北の山の中の、そのまた山の中に、とんだ酔人がいたものだ）

と思いながら、その日は仕事を続けた。

しかし、トランペットが鳴り響いたのはその日だけのことではなかった。あくる日も、またそのあくる日も、昼どきになると決まったようにトランペットが鳴った。どうやらそれは毎日の習慣らしい。曲目はわからない。とにかくどれもクラシックの曲のようだった。

二週間もするうちに、その吹き手の習慣はぼくの習慣にもなった。トランペットが鳴ると、ぼくは手斧を振うのをやめ、弁当を開き、トランペットがやむと立ち上って手斧に手をのばした。

秋が深まって行った。ぼくは仕事にも慣れ、少々調子の悪い日でも、十五、六把《わ》は確実に薪を作った。

十一月に入ると小雨の日が続き、山は雨で煙った。そういう日は、上司である庶務主任が「今日は休んでもいいよ。骨休めに事務室でぶらぶらしていなさい」と言ってくれた。けれどもぼくは、ゴムの合羽を借りて山へ出かけた。主任はぼくの後姿を見送りながら、「あいつはなかなかよくやる」と感心していたようだが、べつにぼくは仕事熱心だったわけではない。昼休みのトランペットに惹《ひ》かれていただけのはなしである。

その日も朝から、霧のような雨が降っていた。そして昼近く、小粒の雨にかわった。午後は仕事はやめよう、トランペットを聞いたら、山を降りよう、そう考えて雨を含んですっかり重味を増した枯枝を集めていたが、どうしたことか、その日に限ってトランペットは鳴らなかった。ぼくは妙に心配になった。吹き手の身の上に、なにかよくない異変が起ったのではあるまいか。

降り続く小雨ですこし水嵩《みずかさ》を増した谷川を渡り、落葉をじゅくじゅくと踏んでぼくは向山の穴に近づいた。穴からは薄紫色の煙がゆっくりと流れ出ている。

「……ごめんください」

おずおず声をかけると、

「だれだね」

内部《なか》から低い嗄《しゃが》れ声が返ってきた。

「向いの山で薪作りをしている療養所の者です。どうして、今日はトランペットが鳴らないんですか」

穴の中からは返事がなかった。

「具合でも悪いのですか？」

重ねて訊《き》くと、

「ああ、冬が来る前はいつも神経痛が出る」

大儀そうな声と共に、老人がひとり穴の中から顔を出した。そして片方の手を穴の入口の丸太の柱に当て、腰をかがめながら、下からぼくの顔を眺めあげた。

こんな山の中の穴に住みついている人間のことだから、さぞやむさくるしい風体をしていることだろう、と思っていたのに、老人は意外なほど、さっぱりした様子をしていた。腰までの綿入れの上に長い顔をのせている。顎《あご》には丁寧に刈り込まれた胡麻《ごま》塩《しお》ひげを貯《たくわ》えている。口はすこし前に突き出しており、唇は厚かった。唇の厚いのはトランペットを吹くせいだろう。鼻は丸くて大きい。おまけに霜焼にかかったように赤い。細い眼がやさしく光っていた。ひとことでいえば、どことなく狐《きつね》を思わせる。蓬髪《ほうはつ》は黒羅《ら》紗《しゃ》のスキー帽で押えてあった。

「毎日、トランペットを楽しみにして聞いていたものですから、聞えないとなると、急に気になって……、それでなにかあったのかなと思ってちょっと覗《のぞ》いてみたんです」

老人の眼の光がさらにやさしくなった。

「気にかけてもらってありがたい」

「何でもないんならいいです。さようなら」

帰りかけたぼくの背中に老人の声が追いかけてきた。

「お茶でも飲んで行かないかね？」

見上げると雨はみぞれに変っていた。こんなときに暖かい茶とはありがたい。ぼくは老人の後について穴の中に入っていった。

これが犬伏老人と口をきいたはじまりだった。


穴の中も老人の風体と同じように綺麗《きれい》に片付いていた。穴の広さは相当なもので十畳間ほどもある。周囲には薪が天井まで積んであって、岩壁は見えない。下は板床である。出口を入ってすぐのところに仕切ってある囲炉裏では粗朶《そだ》がぱちぱちと音をたてている。天井からはランプがぶら下っていた。奥に布団《ふとん》が敷いてあって、その枕許《まくらもと》にトランペットが放り出してあった。

「トランペットがお上手なんですね」

縁が残らず欠けて鋸《のこぎり》の目のようになった茶碗《ちゃわん》からお茶を啜《すす》りながらぼくは言った。

「詳しくはわかりませんが、素人離《しろうとばな》れしていると思います」

老人はけらけらと笑った。

「素人離れしているはよかった。これでも昔は玄人《くろうと》、プロのトランペット吹きだったんだがね。東京の或《あ》る交響楽団の首席トランペット奏者だったのさ」

ぼくは驚いて老人をみつめた。老人はこっちの反応を窺《うかが》うようにして、にやにやしている。そう言われてみると、老人のたたずまいはなんとなく品がよく、動作も洗練されているように思われる。言葉にも訛《なまり》はなく一応はちゃんとした標準語である。しかし、中央の交響楽団の首席トランペット奏者が、なぜこんな山の中に住みついているのだろう。

老人はぼくの心のなかを読んだようで、もう一杯茶はどうだね、とこっちに薬罐《やかん》を渡して寄越《よこ》した。

「そのわたしが何故《なぜ》こんな山の中に住みつくようになったか、聞きたいかね」

ぼくは頷《うなず》いた。どうせ外はみぞれ降り、午後からは休みだ。時間はたっぷりとあった。

「あれはもうだいぶ前のこと、たしか大正の、関東大震災の起る二、三年前、わたしたちのオーケストラが東北地方へ演奏旅行に出かけたことがある……」

老人は、茶で唇をしめしながら、遠くを眺める目付きになった。ぼくは囲炉裏に手をかざしながら、老人のつぎの言葉を待った。

「……オーケストラなぞ東京でも珍しかった時代だから、この演奏旅行は行く先々で大受けだった。そして最後の演奏会場が、この先の大橋という山の中にある鉱山の講堂だったのだが、演奏を終って、宿舎の職員寮に戻り、さあ、明日は山を降り、馬車で遠野へ出て、遠野からバスで花巻まで行けば、汽車に乗れる、汽車に乗れば東京は目の前だと、三十名近い団員が鉱山側で用意した酒で大はしゃぎにはしゃいでいると、そこへ鉱山の職員が電報を手に顔を出した。電報はわたし宛《あて》で、開いて見る前からいやな胸騒ぎがした。そして、その胸騒ぎはあたっていた。電報にはこう書いてあったのだよ。

『ツマキトク、スグカエレ』

言うのを忘れていたが、わたしはそのひと月ばかり前に、下宿の娘と結婚したばかりでね、一週間も一緒に居ないうちに、演奏旅行に出かけてしまったというわけで、十年二十年と連れ添った女なら、そう慌《あわ》てはしなかったのだろうが、そのときはひどく妻が可哀相《かわいそう》に思われ、わたしは鉱山の職員に言った。

『これからすぐ山を下ります。里へ下りたら馬車で遠野まで飛ばすつもりですから、鉱山出入りの馬車屋へ紹介状を書いていただけませんか』

鉱山の職員はわたしを引きとめた。

『夜、山を下りるのは危険です。このあたりにはまだ、狼《おおかみ》がいますし、夜になると奴《やつ》等《ら》は平気で道をうろつきますから。それに、この山奥には山人《さんじん》というのがいて、この山人に取っ摑《つか》まると生きては帰れないそうです。幸い、私はまだ一度も、その山人というのに出逢《であ》ったことはありませんが……』

団員の連中も、口を揃《そろ》えて一日待て、とわたしを引きとめた。

『たしかに心配で居ても立ってもいられないだろう、その気持はわかるが、ひとりじゃ危い。どうせ、明日はみんな一緒に山を下りるんだ。東京へ着くのは一日、遅くなるにしても、それでもその方が安全だよ』

わたしは連中の言うことなど聞く気はなかった。その一日の差で、妻の死に目に逢えなくなったらどうするのだ。それに、妻だってわたしの顔を見ればすこしは元気づくにちがいない。ひょっとしたら、わたしの顔を見て持ち直すかもしれない。そのためには一日でも早く帰らなくてはならない。

わたしは、トランペットケースを左手でしっかりと抱き、右手に鉱山の職員が貸してくれた提灯《ちょうちん》をかかげて、里へ向って三里の山道を歩き出した。たしか夜の九時頃だった。

月のない夜で真《ま》ッ暗闇《くらやみ》。提灯の灯《あか》りだけが頼りだったが、これがどうしたというのか、半里ほど降りたところでふっと消えてしまった。あいにくわたしは煙草《たばこ》を喫《す》わないから、マッチの持ち合せはない。一時は闇の中で途方に暮れていたが、ぐずぐずはしていられない。足をそろそろと前に出し、地面を確めるようにしながら、またしばらく歩いた。

と、急に、あたりがなんとはなしに明るくなりだした。雪が降って来たのだ。あんたも知っているように、雪というやつはむろん光りはしないが、それでいてあたりを明るくする性質がある。ほら、雪明りというやつさ。おかげで足許が定まった。わたしは遅れを取り戻そうと思い、ぐんぐんと歩いて行った。しばらく行くうちにすこし風が出てきた。雪は吹雪《ふぶ》きだした。上から下から右から左から、桜の花びらほどもある大きな雪が降ってくる。音もなく雪が降るなんてよく言うが、あれは間違いだね。あの時の雪はサッ、サッ、カサ、カサとはっきりと音をたてて降っていたよ。

わたしはその物凄《ものすご》さに呆《あき》れて、一分か二分、棒立ちになったまま、何億何兆という雪片の舞い降りてくるのを眺めていた。すると錯覚というやつは妙なもので、雪がぴたりと宙に停まって見え、逆に自分が宙へ舞い上るような気がしはじめた。

わたしは怖くなって、なるべく上を見ないようにしながら、ただもう矢鱈《やたら》に道を急いだ。

クワーン！　クワーン！

時折、遠くで狼の吠《ほ》える音がした。わたしはその声とは反対の方角へ歩くようにした。怖いせいもあった、それに狼のいるところは山の中、その反対が里だろうと思ったからだ。

どれだけ歩いてからだろうか、わたしは自分が妙なところを歩いていることに気がついた。里に近づくにつれて道の幅が広くなってしかるべきなのに、すこしずつ道幅が狭くなってきているのだ。

心の中に焦《あせ》りが生れてきた。腕時計に目を近づけて見ると、短針と長針がまさに重なって真上を指そうとしている。十二時だ。里までは三里、三時間も歩いたのだから、ぼつぼつ里の灯りが見えてきてもよい頃なのに灯りのアの字も見えて来ない。

『……道に迷ったかな』

呟《つぶや》いて、思わずぞっとした。胃の腑《ふ》の中を冷たい風が通り抜けて行った。立ち止って考え込んだが、動くのをやめるとますます不安になる一方だ。わたしはあてのないまま、はあはあと肩で呼吸《いき》をしながら思いついた方角へ進んでいった。役にも立たぬ提灯は捨てた。そして外套《がいとう》の襟を立て、雪の中を、三十分はたっぷり前進した。だがね、雪の中での前進ぐらいあてにならないものはないな。自分は真《ま》ッ直《すぐ》に歩いているつもりでも、人間には右か左へわずかながらそれる習癖があって、大きな円を描いてまた元の所へ戻ってくるものらしい。そのときのわたしもそうだった。三十分も歩いて、ひょいと気がつくと、白一色の雪の中になにやら黒っぽいものが見えたから、気になって雪を払って持ち上げてみると、それは怖《おそろ》しいことに、さっき捨てた提灯なのだよ。

さすがに疲れが出て、どっと気落ちがし、雪の中に坐《すわ》り込んだ。

(もうだめだ。おれはここで凍え死するのかも知れない……)

そんなことを考えながら雪を掻《か》いて口に詰めこみ、ふと右の方に目をやって、わたしは喉《のど》の奥であッといい思わず雪を吐きだした。というのは、そんなに遠くないところに、ぽつんとひとつ灯りが見えていたからなのさ。

(先刻《さっき》は見えなかったはずだが、それにしても、これでどうやら命は助かったぞ)

わたしは雪を膝《ひざ》で漕《こ》ぎながら、その灯の方へ近づいて行った。

雪の中に一軒の家が建っていた。左半分は土間で暗い。右半分は住居になっていて、障子がぴしゃりと閉め切ってある。ランプの灯りがその障子を温い橙色《だいだいいろ》に染めていた。形ばかりの狭い庭を横切って障子の方へ近づくと、中から、

『だれ』

と若い女の声がした。

『雪の夜道に迷って難渋しているものです。土間の隅ででも結構です。今夜一晩、休ませていただけないでしょうか』

必死の思いをこめてそう言うと、からりと障子が開いた。

器量のいい女だったねえ。年の頃は二十六、七。痩《や》せているが、どことなく垢抜《あかぬ》けした女だった。

『……それはお困りでしょうね』

女は縁側に膝をついてわたしに軽く会釈《えしやく》した。障子の隙間《すきま》から中に目を走らせると中は板敷、真ん中に囲炉裏、囲炉裏のまわりに薄縁《うすべり》が敷いてある。囲炉裏には火が燃えていた。その火の上で大鍋《おおなべ》がぐつぐつ煮え立っている。

『それから、たいへんに厚かましいお願いですが、なにか一口食べさせていただくわけにはいきませんか？　もちろん、お金はお払い致します』

女は軀《からだ》を硬くしたようだった。

『泊めて差し上げたいのはやまやまですけど、主人に聞きませんと……。わたしの口からは何とも申し上げられないんです』

『御主人……?』

『いま、山に入っています。主人はたいへんな嫉妬《やきもち》焼きで、留守の間に、わたしが男の方を家の中へ入れ、勝手に泊って行きなさいと言ったと知ったら、何をしでかすかしれません』

『しかし、わたしがあなたの情夫でもあるならとにかく、わたしとあなたは一面識もありません。たまたま道に迷って一夜の宿を願い出ただけでしょう。話せばわかってくださいますよ』

女は首を横に振った。

『主人にはそういう常識が通用しないのです。まことにお気の毒ですけれど、主人が帰るまで、この縁側でお待ちくださいな』

女は中へ引っ込んだが、障子は閉めずにそのままにしていった。それが女のせめてもの思いやりなのだろう。障子の間から大鍋の中で煮えているものの匂《にお》いが外に流れ出した。香ばしい匂いだった。

やがて、女が裏へ立った。なかなか戻ってこない。半日間、胃の中に入ったのは、一合ばかりの酒と、わずかな酒の肴《さかな》。わたしは猛烈に腹が空《す》いていた。

そこで、わたしは縁側へかけ寄って靴を脱ぎ捨て、囲炉裏ばたへかがみこんだ。鍋の中で煮えているものが何かはわからなかったが、一口、くすねてやろうと思ったのだ。だが蓋《ふた》を取って、鍋の中を覗いたわたしは、その中で煮えていたものを見てその場に立竦《たちすく》んでしまった。鍋の中では、赤ン坊が紫色に煮えていた。

『びっくりなさったでしょう?』

いつの間に戻ってきたのか、土間に女が立っていた。手には鉈《なた》をぶら下げている。

『か、か、勘弁してください。悪気があって鍋の中を覗いたのではないのです。た、ただ、腹が空いていたので……』

女はゆっくりと鉈を振り上げた。

『見逃してください。いますぐここから出て行きます。いま見たことをだれにも喋《しゃべ》りません』

女は鉈を振りおろした。一本の太い薪《まき》が土間で二つになった。それから女はわたしに向ってにっこり笑った。

『それは人間の赤ン坊じゃありませんよ。猿です』

猿には毛が生えているはずだ。だが、鍋の中のものには毛がない。

『皮を剝《は》いだんですよ』

しかし、なんの為《ため》に猿を。

『猿の丸煮汁は肺病によく効くのです。町へ持って行けば、大鍋ひとつの煮汁が二、三十円にはなるんですよ』

そういわれてみると、たしかに鍋の中のものは人間の赤ン坊にしては頭が小さすぎる。

『……肉はどうなさるんです？』

わたしは外へ出ながら訊《き》いた。

『たべます』

女は簡単に答えた。

『猿の肉は脂《あぶら》が少なくて柔かいので、おいしいんですよ。わたしもはじめのうちは気味が悪くて、箸《はし》がつけられませんでしたけれど……』

後半のところで女の眉《まゆ》が曇った。

『あなたは、この土地の人じゃありませんね。東京の方でしょう？』

わたしの問いに答えず、女は割った薪をかかえて立ち上り、囲炉裏ばたに薪を並べた。

『いったいどうしてあなたのように美しい人がこんなところで、猿などを……』

重ねて問いかけたとき、女が立ち上り勢いよく障子を閉めながら鋭い口調で言った。

『しいっ。主人が帰ってきたようです』

耳を澄ますと犬の声が近づいてくる。それから、かんじきでぎゅっぎゅっと雪を踏みしめる音。そのうちに、犬の声が急に間近になったかと思うと、いきなり庭に熊ほどもある白犬が躍り込み、わたしに向って吠えたてた。

再び障子があき、女が出てきた。

『しろ。静かにしなさい』

女は犬を制してから、庭の向うへ声をかけた。

『お帰りなさい』

女の視線を辿《たど》って行くとひとりの男へ行き着いた。男は庭を横切ろうとしていた。熊皮《くまがわ》の袖《そで》なしに笠《かさ》をかぶっている。腰に無反《むぞり》の山刀をぶちこみ、右手に黒光りする猟銃を下げている。そう背丈は大きくはないが、肩幅が広く、がっちりした軀《からだ》つきである。

『なんだ、こいつは？』

男は猟銃の筒口をわたしの鼻の先に向けた。

『道に迷ったんだそうです』

女が答えた。

『泊めてくださいと頼まれたんですけど、あなたが帰るまでは返事が出来ないと申し上げておきました』

雪の上に両膝をつき、わたしは頭を下げた。

『どうぞ、一晩だけ泊めて下さい。明日は早く発《た》ちます。決してお邪魔にはなりませんから。失礼ですが、お礼もさしあげるつもりです』

男はわたしをしばらく眺め廻していた。いやな眼だったねえ。蛇のようなとはああいうのを言うのだろうが、半分死んだような冷たい眼だった。

『……よかろう。おい、この男になにか喰いものをあてがっておけ。物置に寝かせたらいいだろう』

男は思ったよりあっさり泊まるのを許してくれた。

女の案内で物置に行った。鳥網や樽《たる》や筵《むしろ》などがきちんと整理してしまってあった。女は土間に板を並べ、その上にむしろを置き、母屋から運んできた煎餅布団《せんべいぶとん》を敷いた。最後に、女は木の椀《わん》に盛った粟粥《あわがゆ》をわたしの前に差し出した。

『ありがとうございます』

礼を述べたが、女は答えずに出て行った。そのとき、表にちらりと男の影が見えた。

なるほど男の監視つきでは喋りたくても喋れまい。わたしは栗粥をたべ、煎餅布団にくるまって、すぐに眠りに落ちた……」

老人は、ここで囲炉裏に粗朶《そだ》を注ぎ足し、それから、ぼくの顔を凝《じ》っと見つめた。

「話はそれだけ？」

「慌《あわ》てなさるな。もちろん話はこれからさ」

老人はぱちぱちと勢いよく燃えだした粗朶の上に二本ばかり太い薪をのせながら、

「さて、夜明け近く……」

と、また昔ばなしの口調に戻った。

「ふと冷たい風を顔に感じてわたしは目をさました。枕元《まくらもと》にだれか立っていた。

『……だ、だれです？』

慌てて起き上ると、枕元に立っていたのはあの女だった。女は唇に指を当てて、静かに、と合図しながら、わたしの前にしゃがみこんだ。襦袢《じゅばん》の襟がはだけ夜目にも白く乳房が盛り上って見えた。

『お願いがあるんです』

女は、わたしの視線を感じたのか襟をかき合せた。

『あなたが見抜いたとおり、わたしは東京の生れです。十八歳まで四谷で育ちました。十八のときに、友だちと浅草へ遊びに行ったのですけれど、そのとき、いまの主人に攫《さら》われました』

『攫われた……』

『そうです。主人はその頃、浅草の見世物小屋に出ていたのです。生きた鶏や蛇をお客の前でたべてみせるのが主人の芸でした。主人は舞台の上からわたしに目をつけていたらしく、小屋の外で小用に行った友だちを待っていたわたしをいきなり殴り倒したんです。わたし、それっきり何もわからなくなってしまいました』

『そいつはひどい……』

『気がつくと汽車の中でした。主人はその日で見世物をやめ、わたしを連れて生れ故郷のここへ戻ってきたのです。何度も逃げ出す機会を狙いました。四度か五度、実際に逃げ出してもみました。でも、いつももう一息というところで、主人に捕まってしまうのです』

女はくるりと後を向き、襦袢の襟を緩めてすこし落した。夜明けの白っぽい光の中に女の背中が見えたが、それはひどい背中だった。雪解けの泥んこ道のように、火傷《やけど》の跡で凸凹《でこぼこ》になっている。

『捕まるたびに火のついた薪でこのように折檻《せっかん》されます』

『わ、わかりました。あやうく凍え死ぬところをあなたに救われたのです。こんどはわたしがあなたを救い出す番です……つまり、あなたはわたしに一緒に逃げてくれとおっしゃるんですね』

女はこちらに向き直りながら、襟元を直し、首を横に振った。

『わたしが一緒では足手まとい、また捕まってしまうのがおちですわ』

『じゃあ、いったいどうしろとおっしゃるんです』

『東京へお着きになったら、四谷のわたしの家に連絡していただきたいのです。わたしがどうやらこうやら無事に生きているということを伝えてほしいのです。そして、警察と連絡をとってわたしを救いにくるようにと』

わたしは何度も頷《うなず》いて、そんなことぐらいお安い御用だ、とうけあった。それから、女の名前と、四谷の実家の所番地とを聞き、それを心に彫りつけた。女は別れぎわに、

『あ、そうだわ』

なにか思いついて大きな声になった。

『しーっ』

わたしは女を制した。

『ご主人に聞えたらどうするんです。しかしいったい何を思いついたんです?』

女は坐《すわ》り直して、深い溜息《ためいき》をひとつついた。

『主人はひょっとしたらあなたを殺すつもりかもしれません』

『な、なんですって?』

『明日の朝、御飯のときに主人が〝また道に迷うといけない、わしが里まで送ってやろう〟と言って道案内に立とうとしたら、どうぞ気をつけて。主人はあなたを途中で殺すつもりなのですから……』

わたしの歯はガチガチと鳴った。夜明けどきの冷えこみと恐怖とが一緒にやってきたのだから仕方がない。

『そのとき、助かる方法がひとつだけあります。ここから二里ほど先にお地蔵さまが立っています。そして、その先に熊笹《くまざさ》がびっしりと生えています。主人の隙《すき》を見てこの熊笹の上を一気に滑り降りるのです』

『そ、それで……』

『降りたところにもう一本道があります。その道を百米ほど下ると、信妙寺というお寺があるのだけど、この寺に逃げ込むことができれば、いくら主人でも諦《あきら》めるでしょう。信妙寺から里までは一里もありません。あとは寺の人に里まで連れて行ってもらいなさい』

信妙寺、信妙寺と、わたしは寺の名前を繰り返し呟きながら頭の中に叩《たた》きこんだ。

『わたしのためにもうまく逃げて下さいね。祈っていますわ。これまで四人の人に同じことを頼みましたけど、四人が四人とも……』

『殺された?』

『はい』

『しかし、ご主人はどうして人を殺すのです』

『人間の生胆は高く売れますわ。たいていの病気はそれでけろりと治ってしまうんだそうですけど……』

女は風のように姿を消した。

一時間ほどして、物置の戸を激しく叩く音がした。

『おい、朝飯だぞ!』

男が物置の外で怒鳴っていた。わたしは懐中をたしかめ東京までの交通費を残し、あとの金をちり紙につつみ、外へ出て男に手渡した。

『十二、三円あると思います。泊めていただいたお礼のつもりですから、どうぞお納めください』

男は当然のように受け取った。

『嬶《かかあ》に餅《もち》を焼かせた。雪道には餅腹がいちばんいい。がんばりがきくぞ』

母屋の囲炉裏ばたに坐ると、すぐ朝飯になった。胡桃《くるみ》や干蕨《ほしわらび》の塩汁に餅が入っていた。気持に余裕でもあれば、結構、旨《うま》かったろうと思うのだが、そのときのわたしにはそんな余裕はない。男が『見送っていってやる』と言い出さぬように、『昨夜は迷いましたが、こんどは大丈夫です』とか『だいたいが、学生時代スキー部に居たので雪道は得意で……』とか『この家の前の道を、道なりに降りて行けば里につけるのでしょう？　楽なものですよ』とか言っては、ひとりで帰れることを強調した。

『ごちそうさま』

わたしは箸を置くと同時に立ち上った。

『いろいろとどうもありがとうございました』

言い終ったときにはもう土間で靴をはいていた。そして、では、と曖昧《あいまい》に口の中で呟《つぶや》き外へ飛びだす。男はまだなにも言わぬ。うまく逃げ切れそうだ。庭の雪を蹴《け》って道へ出た。そのとき、

『なにをそう慌てる？』

男の声が追いかけてきた。背中に軒先のつららを入れられたようにぞっとした。

『この空模様では朝のうちは雪も降らんだろう。ゆっくり行く方がいい』

振返ると、男が縁側からひらりと雪の上に飛び降りて、藁靴《わらぐつ》に足を入れようとしていた。わたしは空元気をつけて口笛を吹き、空を見上げる真似《まね》をした。

『そうですね。いいお天気のようですね。おっしゃる通りにのんびり行きましょう』

男が道まで出てきた。

『うん、そうしろ。しかし、雪道というやつは何の目印もないものだからな、また迷うといかん。里まで送っていってやろう』

突然、雪の道にぽっかり大穴が開き、わたしはその穴の中へ突き落されたような気がした。

『い、いいえ、大丈夫です』

『里へ用事もねえわけじゃねえ。ものはついでだ、送ってってやろう』

『ほんとうにいいんです』

『変な野郎だな。おれが他人《ひと》様に親切にしてやろうなんて思いつくのは三年に一度、いや五年に一度、滅多にねえことなのさ。そのせっかくのおれの親切をなぜそう素気なく断わる』

男は恐しいほどの力でわたしの胸倉を摑《つか》まえて捻《ね》じあげた。外套《がいとう》のボタンがひとつふたつはじけて飛んだ。男の肩越しに縁側に立った女が見えた。女は悲しそうにした顔をかすかに横に振っていた。その顔には、いまは主人の言うことを聞いておきなさい、そして途中で逃げるようになさい、そう書いてあるように見えた。

『わかりました。じゃ、道案内をお願いしましょうか。なに、悪いと思ったものですから、つい遠慮していたのです』

男はわたしを突きはなし、犬を呼び寄せた。犬を連れて行くつもりらしい。男からは逃げ切れるとしても、犬はどうだろうか。三十米《メートル》も走らぬうちに追いつかれてしまうのではないだろうか。

『さあ、行こうか』

わたしは刑場へ向う死刑囚のような気がしながら、男の後に従った。犬も唸《うな》りながら後からついてくる。逃げる素振りでもしてみろ、おれが嚙《か》みついてやる。犬のあげる低い唸り声は、わたしにはそう聞えた。

道は林の間を右に左に曲りくねり九十九《つづら》折《おり》になって続いていた。これでは前の夜、迷ったのも当然だ。林が切れると片方に崖《がけ》のある道になった。崖の下にもう一本平行に道が走っている。道を下りて行くにつれて崖は低くなり、下の道との距離は短くなって行く。やがて、遠くにお地蔵様が見えてきた。そしてその向うには熊笹が生い茂り、その上に雪が積っていた。

(……あれだな)

わたしは腰をもじもじさせながら歩きはじめた。

『なんだ。どうした?』

男が訊《き》いた。

『ちょっと、用を足したくなったんですが……』

わたしは頭を掻いた。

『いいでしょうか、用を足しても……』

『悪いといっても、こらえ切れるものじゃねえだろう。おれもつきあう』

男は熊笹の上に尿を放った。

『遠野の連れ小便だ』

『東京では、同じことを関東の連れ小便といいますよ』

男の放尿は長びきそうだった。うまいことに犬までが主人の真似をして片足を挙げている。

(いまだ!)

わたしは熊笹の上に身を投げた。雪が油の役目を果しておもしろいように滑る。あっという間に下の道へ着いた。女が教えてくれた通り向うに寺の山門が見えた。わたしは山門に向って走りだした。

上の道では男が喚《わめ》き散らしていた。追いかけようにも、小用が済まないから、放尿器を仕舞い込むわけにはいかないのである。男は慌《あわ》てているようだった。犬も主人の慌てぶりを見てとち狂っている。こっちが五十米ほど走ったとき、ようやく体勢を立て直したのだろうか、男が犬に、

『しろ！　追え！』

と、言いつけているのが聞えてきた。

気は急《せ》くが足がそれに伴わない。ようやっとのことで山門の前に辿《たど》りついたとき、すでに犬は三十米近くまで走り寄ってきていた。

不運にも山門は閉まっていた。わたしはお椀《わん》をふたつ伏せて並べたような山門の金具に手をかけて、がたがた揺ぶりながら、

『開けてください！　助けてくださいっ！』

と、悲鳴に近い声をあげた。

そのとき、山門の中から、

『ぎゃ――っ！』

という若い女の絶叫があがった。聞いてわたしの心臓は凍りついた。というのはほかでもない、その若い女の声は東京で危篤《きとく》の床についているはずの妻の声にちがいがなかったからだ。

背後から犬が唸り声をあげながらとびかかってくる気配がした。わたしは、なぜこのような山の中の寺に妻がいるのだろうか、と訝《いぶか》しく思いながら、背中に犬の鋭い爪《つめ》が突き刺さるのを感じ、さらにいっそう強くお椀を伏せたような山門の金具にしがみついた。

山門の中からまた妻の悲鳴があがった」

老人はここまでを一気に語り終え、それから、悪戯《いたずら》っぽい眼でぼくを見た。

「そのとき、わたしは、その妻の悲鳴ではッと目を覚した。わたしの見ていたのは夢だった。お椀をふたつ伏せて並べたような山門の金具というのは、よく見ればそばで寝ていた妻の乳房でね、夢にうなされて乳房を摑んでがたがた揺ぶったので、妻が『ぎゃーっ』と悲鳴をあげたわけだ。背中に喰い込んだ犬の爪というのもじつは妻の爪でね……」

　ぼくはここではじめて老人にまんまと騙《だま》されていたことに気がついた。

「……す、すると、はじめっから夢？」

「そうだ」

「ひどいな」

「怒ることはないよ。だいたい、大正の終り頃に、こんな地の涯《はて》までオーケストラが来るものか。いまの話は遠野あたりに伝わるちょいと艶《つや》っぽい笑い話でね、トランペットは小道具で、ほかのものに変えれば、また別のはなしが出来るところがみそだ。わたしはそういう話をたくさん知っている。気が向いたら、またおいで。いくらでも話してあげるから」

　躯《からだ》を倒して穴の外の空を見ると、みぞれはこんどは雪になっていた。ぼくは立ち上った。

「……この次こそ、そのトランペットの秘密と、なぜこんな山の中に住むようになったのかを、教えて下さい」

　犬伏老人は板敷きの上にごろりと横になって、

「いいとも、また訪ねてきなさい」

とぼくに手を振ってみせた。

川上の家

犬伏老人がラッパを吹き出すのはきまって正午だったから、ラッパの音と同時に山間《やまあい》の療養所の事務棟では一時間の昼休みが始まり、ぼくは看護婦の給料の計算とか医師の出張手当の算出とかいうような退屈な仕事からしばらく解放される。そんなわけでぼくにとって老人のラッパの音は救いの福音だった。ラッパの音が微《かす》かにしはじめると、ぼくは老人の昔話を聞くために弁当を包んだ風呂敷《ふろしき》包みを摑《つか》んで外へ飛び出すのだった。

療養所から老人の住む岩穴まで、谷川に沿って幅三十糎《センチ》ほどの細い小径《こみち》がついていた。その小径を急ぎ足で登ると五分ほどで岩穴の前に着く。ぼくが着くころにはもう老人はラッパを吹き終えており、囲炉裏の自在鉤《じざいかぎ》に掛けた大きな薬罐《やかん》から小さな土瓶《どびん》に湯を注ぎ、縁が欠けて鋸《のこぎり》のようになった湯呑《ゆのみ》に番茶か煎茶《せんちゃ》のどちらかを入れていた。そして、岩穴の前から中を覗《のぞ》き込んでいるぼくに、

「さあ、お茶が入った。表の若い衆、お茶を一杯よばれないかね」

と声をかけてくる。その声をきっかけにぼくは背をかがめて岩穴の入口をくぐり、囲炉裏の前に腰を下し、湯呑のお茶をひと口すすり、弁当を開く。老人はやがて低い

声でぼそぼそと遠野から釜石にかけての昔話を語りはじめる。

老人は弁当を使うぼくを眺めながら、他所《よそ》では河童《かっぱ》の面《つら》は蒼《あお》いというが遠野や釜石に棲《す》む河童の面はどうしてだか赭《あか》いのだとか、この近辺の猿は暇さえあれば躰《からだ》に松脂《まつやに》をなすり込みその上から砂を塗りたくっているが、それを繰返している毛は鉄板よりも堅く丈夫になり猟師の射《う》つ鉄砲の玉を難なくはね返すだの、深い山に入るときは必ず餅《もち》を持って行くことを忘れるなだのと、さまざまな話をしてくれるのだった。

深山に入るときに餅を携帯する理由は、なんでもそのあたり閉伊《へい》郡の山中には身の丈七尺ほどもある山人が住みついているのが常であって、山人の機嫌をとるには彼等の大好物である餅を差し出すに限るからである。餅のお礼に山人は旅人を狼《おおかみ》や狐《きつね》や狸《たぬき》などから守ってくれる上、道を教えてくれるし、道のないときは道を作ってくれるほどだそうである。

正直にいうと、ぼくはそんなことよりも老人の身の上に興味があった。前章でも書いたように、老人が若いころ、東京のオーケストラでトランペットを吹いていたことだけはどうやらたしかのようである。しかし他の事は一切わからない。いったい彼はどこで生れ、どのように育ち、どういう理由からこんなところに住みつくようになったのだろうか。

老人の岩穴に顔を出すようになってしばらく経《た》った春のある日、老人に「どこで生まれたのですか？」と尋ねてみたことがある。その質問はそれまでにも何回も繰返されており、そのたびごとに、彼はぷいと横を向いて黙り込んでしまったり、慌《あわ》てて他の話に切り換えたり、ときには「そんなことはどうだっていいじゃないか」と怒ったりで、まともな答が返ってきたことはなかった。だが、そのときの老人は珍しく上機嫌だった。それはきっと時候が春だったせいだろう。北国に住む人間は、雪の下から黒く暖かな土が顔を出すとだれだって機嫌がよくなってしまうのだ。あるいはまた老人は昼食時になるとやってきて黙って自分の話に耳を傾けて行く若い男にすこしばかり親愛の情を抱きはじめてくれていたためだったかもしれない、とにかく老人はぼくの問いに、はじめて「わたしはこの近くの橋野の生まれだよ」と答えてくれたのである。

橋野は療養所から北に向って甲子川《かっしがわ》を渡り、仙磐山《せんばんさん》という標高千十六米《メートル》の山を越えたところにある集落である。療養所から直線距離にして十五粁《キロ》ばかりだが、そこへ至る道は嶮《けわ》しくて、しかも右に左にと曲りくねり、山歩きになれた大人の足でもたっぷり一日はかかるほどの山奥の集落だった。ぼくもそれまでに一度だけ、入所患者の自己負担分の医療費の請求のために、その橋野に足を踏み入れたことがあった。そのとき、想像していたよりもずっとひらけた集落だったので驚いた記憶がある。その夜、木賃宿の主人に「せいぜい人家が五、六軒の淋《さび》しい集落だろうと思っていたのに、ちょっとした田舎町の目抜き通りぐらいの人家や商店がありますね」と訊《き》くと、主人は「集落の外れに鉄の鉱山がありますんでね、それで賑《にぎ》やかなのです」と答えた。その夜更《よふけ》、宿の裏手の山で「キーキー」とけものがやかましく啼《な》き騒ぐ音がした。あくる朝、主人に「夜中に猿が騒いでいましたね」と言うと、主人は鼻の前で手を横に振って「あれは猿じゃありません、河童です」と事もなげに答えるのでまた驚いた。なんでも河童は季節の変り目に橋野川から裏山へ場所換えをし、その移動のときに猿のように啼くのだそうだ。「ほんとうに河童ですか。河童をごらんになったことがあるんですか」とぼくが重ねて訊くと、主人は「河童はそのままの姿形では決して人前にあらわれません。ですから姿を見たことはありませんがね、きっと河童です。昔からこの辺では『キーキー声は河童の渡り』というんですよ」と譲らない。主人の話によると、集落を貫いて流れる橋野川に河童が数千匹と居るが、水中ではくらげの如くすき透《とお》っていて人の目には見えず、陸上では子どもや旅人に化けるので、これも河童とわからず、山中では猿や雉《きじ》に化けていることが多いので、ここでも見分けがつかないのだそうである。しかも彼等は姿形を変えるだけではなく、その大きさも自由に変える術を心得ており、馬蹄《ばてい》の跡に雨が降って出来た小さな水溜《みずたま》りにも千匹ぐらい隠れていることがあるという。そんな話をしてから主人は最後に「とにかく河童は旅の人に姿を変えていることが一番多いというのが、この橋野に昔から伝わっているいいつたえなのですよ」と言いながら、ぼくを訝《いぶか》しそうにじろじろと眺めた。

「冗談じゃありません、ぼくは人間ですよ、国立釜石療養所の事務員です」憤然として言い捨てぼくはその宿をとびだしたが、橋野というのはそういった奇妙な集落だった。

「わたしの親父《おやじ》は橋野の鉱山に雇われて鉱脈探しをしておった。付近の山を馳《か》けめぐって鉄の新しい鉱脈を探して歩くのが仕事でね」

老人は湯呑の中のお茶を酒のようにちびちびと舐《な》めながら話しはじめた。

「そんなわけで親父は山を歩き回ってばかりいて鉱山の社宅にはひと月にせいぜい二回か、多くても三回ぐらいしか帰ってこなかった。風が強くて裏山がごうごう鳴る晩や、雨が降って水嵩《みずかさ》を増した橋野川がどうどうと音をたてる晩は、淋しいやら怖いやらでなかなか寝つくことができなかった。母親から、親父がひとつ鉱脈を発見すれば鉱山から当時の金で五百円か六百円褒美《ほうび》が出るからその金を元手に町場へ出てなにか商売を始める、そうなればこんな淋しい夜を過さなくてもよくなるよ、と聞いていたので、親父がいっときも早くその鉱脈というやつを見つけてくれればいいと、子ども心にも、そればかり祈って暮していたものだ。もっともその鉱脈がなかなか見つからなかった。親父が鉱脈探しとして鉱山に雇われ、橋野へやってきたのはわたしの生れる二年も前のことで、それからあの事件が起るまでの十二年間、釜石から遠野の間にある岩倉山、仙磐山、雄岳、大開山、五郎作山、六角牛《ろっこうし》山などを足を棒にして歩き廻っていたが、親父は一本の鉱脈にも行き当らなかった……」

ここでふっと声が途切れた。弁当を使う箸《はし》を止めて老人の様子を窺《うかが》うと、彼は入口を通して向いの山を眺めていた。向いの山の中腹が一個所、派手やかな薄紅色に染っている。それは山桜の花がほころびはじめているのだった。老人はしばらく陰鬱《いんうつ》な目つきをして山桜を眺めていたが、やがてひとつ首を振って、断ち切れたままだった話の穂を継いだ。

「……事件が起ったのは、わたしが橋野の尋常小学校の三年になり、弟の良吉が小学校に入学した年の春のことだ。橋野は桜の多いところで、集落から小学校へ行くときに通る橋野川の土手にも見事な桜並木があったが、ある朝、弟と二人、その桜並木を学校の方へ歩いていると、不意に前をひとりの子どもが、やはり学校の方へ足を運んでいるのに気がついた。不意に、といったのは、その寸前まで、わたしたちの前には誰もいなかったからでね、桜の木のかげにかくれていたのか、橋野川の河原からかけあがってきたのか、それはとっさにはわからなかったが、とにかく気がつくと男の子がひとり、わたしたちの前を歩いていたのだ。

その子は裾《すそ》の短い棒縞《ぼうじま》の着物に兵児帯《へこおび》をしめ、足には真新しい藁草履《わらぞうり》をつっかけていた。その藁草履がびしょびしょに濡《ぬ》れていて、乾いた土手道に一歩一歩黒い足跡を残して行く。いくら草履が濡れていても十歩も歩けば草履の水気が切れて地面に足跡が残らないようになるはずなのに、奇妙なことに、その子の草履はいつまでもたっぷりとした水気を地面にのこして行くのだ。

（この子は河原から上ってきたんだな）

と、わたしは思った。

（いままで河原で魚捕りかなにかしてたんだろう、きっと）

橋野の小学校は全校生徒が七十人ほどの小さな学校だったから、生徒たちはたがいにみんなが顔見知りだった。それどころか、叫び声をひと声耳にするだけ、後姿をちらりと見るだけでその声の主、あるいは後姿が、どこのだれかわかるほど親密だった。だが、その朝のその男の子の後姿には見憶《みおぼ》えがなかった。

（だれだろう？）

後姿に目をやり小首を傾《かし》げながらしばらく歩いて行くと、いきなりその子がわたしと弟の方を振り返った。その子はだれでも一目見たら思わず吹き出してしまいそうな妙ちくりんな顔をしていた。

まず顔の色が赤土をべったりとなすりつけたように赤かった。まだ子どもなのに顔に無数の皺《しわ》がある。おまけに顔が小さいのに眼だけがいやに大きい。猿そっくり、というより猿そのものといったほうがいいような印象である。おまけに鼻が高く、口はつまんで引っ張り出したようにとんがっていて、このへんは橋野の鎮守様である新山《しんざん》神社の神殿にかけてある天狗《てんぐ》のお面そっくりだった。わたしは弟と顔を見合わせ、それからくすくす笑った。するとその子も頭を掻《か》いてにやりと照れ笑いをしたが、そのとき彼の薄い唇が耳許《みみもと》まで裂けた、ようにわたしには見えた。あっと思ったときはもうもとに戻っていた。

わたしと弟はぞっとしてその場に棒立ちになった。彼はペコリとお辞儀をひとつして飛ぶように桜の土手を小学校の方へ行ってしまった。

前にも言ったように、わたしたちの小学校は生徒が七十人、それでクラスは一年から三年までがひとつ、四年から六年までがひとつと、二つしかなかった。始業の鐘が鳴って先生が教室に入って来た。先生は男の子をひとり連れていた。

『みんなに仲間がひとりふえた。橋野の奥の赤柴分教場からきた川辺孝太郎君だ。川辺君は三年生、三年生の諸君はとくに仲よくしてあげてくれたまえ』

むろんその転校生の川辺孝太郎は、その朝、桜の土手でわたしたち兄弟の前を歩いていた男の子だった。

孝太郎は先生が自分を紹介している間じゅう、ずうっと例の照れ笑いをしていた。わたしと弟は目を皿のようにして彼の口許を見つめていたが、今度は別に変ったところはなかった。

(さっきのは多分、眼の錯覚だったんだ)

わたしは小さな胸を撫《な》で下した。

(化け猫ならとにかく、人間の口が耳まで裂けたりするはずはないものな)

孝太郎はわたしの隣りの席に坐《すわ》ることになったが、つきあってみると、これがなかなかいいやつだった。まず無口だった。なにを言ってもただ黙りこくってにこにこしている。おはようと声をかけてもにこり、さよならといってもにこり。はじめのうちはひょっとしたら唖《おし》ではないかと思ったほどだ。時折、先生に当てられて国語読本を読むことがあったが、分教場でいったい何を教わっていたのだろうと首を傾げたくなるほど文字を知らなかった。おまけにひどく甲高い声で、はじめのうちはなんとか聞きとれるのだが、読み続けるうちにその甲高い声がさらに上ずって行き、おしまいには猿かなんかがきいきい啼きわめいているような具合になってしまい、どこをどう読んでいるのか見当もつかなくなってしまう。算術に至っては一年生の弟よりも出来が悪く、いつだったか、

『九個の饅頭《まんじゅう》を三人兄弟で分けるとどうなるかね?』

と先生に訊かれ、さんざん考え抜いた末、

『兄弟喧嘩《げんか》になります』

と答え、教室中をどっと沸かせたことがあるぐらいだった。それから以後、先生は孝太郎をあまり指さないようになったが、それは彼に答えさせてもとんちんかんな返事しか返ってこないということを、先生も気がついたからだろう。

勉強はまるで駄目だったが、軀《からだ》を動かしたり使ったりすることになると孝太郎は人が変ったように生き生きしだし、張り切りだした。橋野の小学校では、体操はいつも一年から六年までの合併授業だったが、駆けっこでも腕立て伏せでも、彼は最上級の六年生に一歩もひけをとらなかった。ことに鉄棒など、先生にも出来ない大車輪を軽々とやってのけた。さらに、身体《からだ》は小さいのに力が強くて、先生と相撲をとっても互角に闘う。

また放課後、教室掃除や便所掃除が始まると、彼は真先に箒《ほうき》を持ち、最後まで雑巾《ぞうきん》を離さなかった。彼の掃除したところはすぐに見分けがついた。彼の掃いたところには塵《ちり》ひとつ落ちていず、彼の拭《ふ》いたところはいつもぴかぴかに光っていたからだ。

だが、なんといっても彼が名を挙げたのは、蕨《わらび》や薇《ぜんまい》採りが始まってからだね。五月の末から六月のはじめにかけて、橋野の周囲の山々は、蕨や薇の盛りになる。その間は授業は休みになり、生徒はこれらの山菜採取に狩り出されるのが毎年のきまりだった。生徒の摘んだ蕨や薇は生乾《なまぼ》しにして束ね、これを学校の小使さんが馬の背に積み、浜の釜石や大槌《おおづち》の八百屋へ売りに行く。売上げ金は冬の石炭代や教材費になるという寸法だが、孝太郎はいつも必ず全校一の収穫をあげた。しかも蕨や薇を大人顔負けの素早さで摘みながら、山百合《やまゆり》を見つけると、その根も掘る。百合の根を砂糖で煮付けたおかずは、この地方ではたいへんな御馳走《ごちそう》とされていたから、浜の町場では高く売れた。みんなと同じ時間で、孝太郎は他の二倍から三倍の量の蕨と薇を摘み、しかも、そのかたわら子どもには根が深すぎて掘るのは無理だとされている山百合の根までごっそり集めてくる。この神業のような働き振りにはだれもが舌を巻いたものだよ」

老人はここでひと息つき、湯呑《ゆのみ》の中のお茶を一気に飲み干した。話に熱が入って軀が火照《ほて》ってきたのか、羽織っていたどてらを脱いだ。

「村の学校に得体の知れない奇妙な子どもが転校してくる……、宮沢賢治の『風の又三郎』のような話ですね」

とぼくは言った。

「その子とみんなが仲よくなったころ、突然、その子はまた別の学校へ転校していってしまう。結末はそうなるんでしょう」

「はなしに茶々を入れてもらいたくないものだね」

老人は強い語調で言い、ごしごしと胡麻塩《ごましお》ひげをこすった。

「いまから保証しておくが、これは『風の又三郎』とはずいぶん違うのだよ」

「どう違うのです」

「もっとこう……、なんというか、もっと陰惨な、辛《つら》いはなしなのだよ」

老人は背をまるめて小さくなった。

「孝太郎とわたしはすぐ友だちになった。二人とも同じ三年生で机が隣合わせ、おまけに孝太郎の家とわたしたちの住んでいた社宅が橋野川の上《かみ》の方にあって行きも帰りも一緒というのだから、これは仲よくならない方がどうかしている。

朝になると、孝太郎は登校時間の三十分も前にやってきて、わたしたちが学校へ出かける支度をするのをにこにこしながら眺めていた。帰りは帰りでまた家に寄って一時間かそこいら遊んで行く。遊びに飽きると彼はいつの間にか家の裏手で頼まれもしないのに薪割《まきわ》りなどしていた。

母などはいっぺんで孝太郎びいきになってしまい、わたしと弟が用達しを言いつかって渋っていると、『孝太郎さんを見習いなさい』と叱《しか》るのが口癖のようになっていた。

『孝太郎さんのお父さんは何をしていらっしゃるの』

いつだったか、孝太郎とわたしと弟の三人で茶の間で絵本を眺めているときに、おやつを運んできた母が孝太郎に訊《き》いたことがある。

『死んだ』

孝太郎は例の甲高い声で答えた。

『そう……。でも、お母さんはいらっしゃるんでしょう』

『いるよ。でも、病気で寝てる』

『そりゃ大変ねえ。兄弟は』

『いない』

聞いて母はすこし慌《あわ》てたようだった。

『病気のお母さんを放っておいていいの？　早く帰って看てあげなさいよ』

『大丈夫だ。お母さんはじきに直るから』

孝太郎はあいかわらず絵本のページをめくっていたが、なんだかだいぶ自信のある口調だった。

『じきに直るっていうけれど、いったいどういう病気なの』

母はなおもしつっこく訊いた。

『わからない。でもある薬があればすぐ直るんですよ、おばさん』

『ある薬。それはどういう薬なの』

孝太郎はここでぐっと詰まってしまった。赤い顔がみるみる蒼《あお》くなっていった。が、わたしたちはその薬がどんな薬かは聞くことができなかった。というのは、そこへ来客があって母はそっちの方へ行ってしまい、会話《やりとり》はここで終ってしまったからだが、そのとき、孝太郎がほっとひとつ大きく息をしたのをわたしは今でも憶えている。

それからしばらくして、あれは梅雨の最ッ盛《ま》りの、糸のような細い雨の降る午後のことだった。例によって孝太郎とわたしが絵本をひっくりかえしたり、ノートの裏に縦横に線を引き即席碁盤をこしらえて五目並べをしたりして遊んでいると、弟の良吉がコップを一個持ってやってきた。

『孝ちゃん、手品をして見せてあげようか』

良吉はコップを机の上に置き、コップにハンカチをかぶせた。

『気合いもろとも、コップの中に花を咲かせてごらんに入れます』

良吉はたどたどしく口上を言いハンカチをさっと取った。コップの中に赤い小さな造花が咲いていた。コップはその数日前に山から浜の町場をまわって久しぶりで家に戻った父が、町場で買い求めてきたお土産で、もちろん種が仕込んであったのだが、孝太郎は口をぽかんとあけてコップの中の花を見つめていた。

『じゃあこんどはぼくの番だ』

わたしは良吉の手からハンカチを取り上げ、それを孝太郎の目の前で二、三度ひろげて振ってみせた。

『取り出したるハンカチはごらんの通り一枚でございます』

それからハンカチを机の上に置き、わたしは孝太郎の鼻の先に左右の掌をひろげてかざした。

『右手にも左手にも何も持ってはおりません』

わたしはハンカチを再び取り上げ、それを揉《も》みながらまるめ、左の掌の中に隠した。

『さて、このハンカチ、じつは摩訶《まか》不思議にも赤ん坊を生むのでございます。ほーら、この通り』

これも父の土産だった。種は簡単で、縁の縫い取りに小さなハンカチが隠してあるだけのはなし、口上でごまかしながら小さなハンカチを抜き出せばいいのだった。わたしが大小二枚のハンカチを振ってみせると、孝太郎はけもののように低い唸《うな》り声を放った。

『さあ、こんどは孝ちゃんがやる番だ』

良吉が叫んだ。

『ぼくも兄ちゃんも手品をやったんだから、孝ちゃんもやってみせてよ』

孝太郎はしばらく黙っていた。いつか母に薬のことを訊かれたときのように赤い顔が見る間に蒼ざめて行った。

『なんでもいいからやってよ』

良吉がまた催促した。孝太郎はごくりと唾を呑んでから小さく頷《うなず》いた。

『みんながやったんだから、おれもやんなくちゃいけないかな、やっぱり……』

孝太郎はわたしに向って手を伸した。

『太吉君、そのハンカチ貸してくれ』

『いいよ。でも、どんなことをするんだい？』

『うん。良ちゃんの好きなものをこのハンカチの中から出してみせる』

『嘘《うそ》だい』

良吉が言った。

『そんなこと、できるもんか』

『でも、やらなくちゃ……』

孝太郎はわたしの真似《まね》をして、ハンカチを振りながら、

『良ちゃんはハンカチから花を出した。それから、太吉君はハンカチから子どものハンカチを出した。おれもなんか出さなくちゃ悪いもの』

『じゃあ犬、犬がいいよ』

良吉が孝太郎のまわりをぴょんぴょん跳びはねた。

『犬のうちでも柴犬がいいな。柴犬の仔《こ》がいい』

『まあ、やってみよう』

孝太郎はハンカチを机の上に置くと手で平らにのばし、それから右手をハンカチの上にかざし、なにか呪文《じゅもん》のようなものを唱えだした。すると、ハンカチがむくむくと動き出してふくらみ、その下から、くんくんと仔犬が鼻を鳴らす音が聞えた。あっけ

に取られてハンカチを見つめていると、ハンカチが急に宙へ舞い上り、机の上ではまだ目のあかない、生れたばかりの柴犬の仔犬が、立ち上ろうとしてよろよろしていた。良吉は声にならない叫び声をあげ、わたしにしがみついてきた。わたしも誰かにしがみつきたいところだったので、良吉をしっかりと抱き寄せた。

孝太郎はぶるぶる震えていたが、やがて、ハンカチを拾うと、仔犬の上にふわりとかぶせた。とたんに仔犬はどこへ行ってしまったのか、煙のように消え失せて机の上にはハンカチだけが残った。孝太郎はハンカチで額の汗を拭《ぬぐ》った。

『どう、柴犬の仔犬がちゃんと出ただろう』

『すごかった。すごい手品だったよ。でも種はどうなっていたの』

わたしが聞くと、孝太郎はきょとんとした顔で、

『種？　種ってなんだい』

『仕掛けさ』

『仕掛け？』

そこでわたしは孝太郎にコップに咲いた花と子どもを生んだハンカチのふたつの手品の種を教えてやった。

『孝ちゃんの手品にも、これと同じような仕掛けがしてあったんだろう』

『孝ちゃん、教えてよ』

良吉とわたしが両側から孝太郎の手をひっぱってせついた。孝太郎は物凄《ものすご》い力でわたしたちの手を振り払った。

『良ちゃんのも太吉くんのもインチキだったのか！　なのにおれは……おれは……』

おしまいのほうは涙声になり、孝太郎はいまさっき宙に舞ったハンカチのようにふわりと立ち上り、そのままずーっと糸雨の中へ出て行ってしまった」

老人はここで土瓶から湯呑にお茶を注ぎ、音をたてて啜《すす》りながらぼくの顔を凝《じ》っと見つめた。ぼくは言った。

「はなしはそれだけですか？」

「慌ててはいけない。はなしはこれからなのだから」

老人はお茶をゆっくり飲み干し、

「さて、そのあくる日、たしか日曜だったと思う」

と、また昔ばなしの口調に戻った。

「わたしは朝食を済すとすぐ橋野川の川原に降り、川原伝いに上流の方へ歩いて行った。前の日、孝太郎はあの摩訶不思議な手品を使うとすぐ裸足《はだし》で家をとびだし風呂敷《ふろしき》包と草履を茶の間や土間に放り出したまま戻って来なかった。わたしはその忘れものを孝太郎の家に届けてやろうと思ったわけだよ。考えてみれば不思議なことだが、孝太郎とは親友づきあいをしていたのに、わたしはそれまでただの一度も孝太郎の家へ遊びに行ったことがなかった。それまでもしばしば『孝ちゃんところへ遊びに行っていいかい』と持ちかけたことはあった。だがそのたびに孝太郎は『声を立てると病気の母ちゃんに叱られる』とか『太吉君の家のように絵本もおもちゃもなにもないから、せっかく来ても退屈するだけだよ』とか『途中ずいぶん淋《さび》しいところを通らなくちゃいけない、行くときはぼくと一緒だからいいけど、帰りは怖いよ』とか言い逃ればかりし、一度もわたしに自分の家を見せたことがなかった。そこであるとき、わたしは『連れて行ってくれなくてもいいから、孝ちゃんの家がどんな家か教えてくれよ』と訊いてみたことがある。そのとき、孝太郎はあまり気乗りしないような口振りでこう教えてくれた。

『橋野川の川原をどこまでもさかのぼると、三十分ほどで、右側に水車小屋が見えてくる。その水車小屋と並んだ萱《かや》ぶきの一軒家が、おれの家なんだ』

わたしは孝太郎のこの言葉を思い出しながら川を上流《かみ》へ上流《かみ》へとのぼっていった。ところが、三十分たっても一時間すぎても一向にその水車小屋が見えてこない。やがて川幅がずんずんせまくなり、左右から山が迫ってきた。それにつれて川原もせまくなる。そのうちに悪いことにまた糸のような雨が降りだした。雨が降るのと前後して左右の山の山肌に沿って白い煙霧が滑りおり視野がきかなくなってきた。そしてそのうちにとうとう川原がなくなってしまった。岸へ上るにも濃い煙霧のためにどこに岸へ上る道があるのかも見定めることもできない。時折、頭上から名も知らぬ鳥の鋭い啼声《なきごえ》が煙霧を切り裂いて降ってくる。思わず身震いが出た。川をさかのぼりはじめてからすくなくとも二時間は経《た》っているはずだ。それなのにまだ水車小屋に出っ喰わすことがないのはなぜだろう。水車を見落したのか。しかし、あんな大きなものを見落してしまうなどということがあるだろうか……

(孝ちゃんにかつがれたんだ)

そうとしか考えられなかった。

(孝ちゃんの家はほんとうはきっとべつのところにあるんだ。もう帰ろう)

廻れ右をして川下の方を向いた。すると白い水蛇が川面をゆっくりと泳いでいるのが目に入った。二米はたっぷりあろうかと思われる白蛇だ。それも二匹。

こんどは胴震いが出た。水蛇は人に害を与えないというが、それにしてもあまり気味のいいものではない。わたしは待つことにした。そのうちに白蛇はどこかへ姿を消してくれるだろうと思ったのだ。

ところが、二匹の白い水蛇は川原の近くの浅瀬あたりでぴたりと動きをとめ、ぬうっともたげた鎌首《かまくび》をわたしに向けたのだ。冷たくて残忍そうな死人のような目。わたしは恐しくなってべそをかきだした。が、そのときだよ、ぎりぎりぎりぎり……、水車の心棒のきしむ音が上流からきこえてきたのは。

振り返って音のする方を見透すと、上流の右岸あたりの煙霧がみるみるうちに薄くなり途切れて、その隙間《すきま》から大きな水車がゆっくりと回っているのが見えた。わたしは草履を脱いで手に持つと、速い流れの中に足を突っ込み、浅瀬を選んで水車小屋の方へ膝《ひざ》で水をこいで行った。

孝太郎がいつか言っていた通りに水車小屋と並んで大きな萱ぶきの一軒家が建っていた。水車小屋の横から岸へ上って、わたしはその一軒家の前庭に立った。胸の動悸《どうき》がなかなかおさまらず、はじめは途切れ声で孝太郎の名を呼んでみた。だが返事はない。耳を澄ませて辺りの様子を窺《うかが》ったが、人の気配もなかった。

おそるおそる一軒家に近づいて行くと、他は全部戸締りがしてあるのに一個所だけ雨戸があいている。なおも寄って家の中を覗《のぞ》き込むとおそろしく暗い。

(孝ちゃんは嘘を吐《つ》いていたわけじゃなかったんだ。水車小屋の並びの一軒家、ここ

が孝ちゃんの家なんだ）

わたしは雨戸のあいたところへ腰を下した。

（それにしても変なのは、ぼくん家《ち》からここまで、孝ちゃんは三十分もかからない、と言ってたことだ。いくら孝ちゃんがなれているといったって、一時間半はたっぷりかかる。孝ちゃんはなんだって嘘を吐いていたんだろうか）

わたしはそんなことを考えながら糸のような雨にけむる山を眺めまわしていた。

（とにかく孝ちゃんの帰るのを待っていようっと）

そのとき、背後の家の中から声がした。

『……孝太郎、帰ってきたのかい』

かすれて陰気な声だった。驚いて振り返り家の中に目を注ぐと、家の中の暗さに目がなれるにつれて、ひとりの老婆《ろうば》が布団《ふとん》の上に必死で起き上ろうとしているのが見えてきた。孝太郎の病気の母親というのはたぶんこの老婆のことなのだろう。老婆は枯枝のような手をあげて、わたしにおいでおいでをしていた。

『ぼ、ぼくは孝太郎じゃありません。孝太郎くんの友だちの犬伏太吉です』

わたしは雨戸のあいたところから家の中に入りながら言った。だが、老婆はまだわたしを孝太郎だと思い込んでいるらしく、おいでおいでと何回も手を振っている。枕《まくら》元《もと》まで膝で歩き老婆の顔を眺め下したわたしは思わず悲鳴をあげそうになった。

老婆の顔はまるで干からびた猿だった。黒斑のある赤い肌の上を大小無数の皺《しわ》が走っている。孝太郎と同じような大きな目が白く濁っていた。老婆は手をのばしてわたしの手を握ったが、彼女の手の指の股《また》には水かきがついていた。ぞっとして思わず手を引っこめようとすると、彼女は病いの床にある老人とも思えない強い力でぐいとわたしの手を引き寄せ、

『このままじゃあたしは死んでしまうよ、孝太郎……』

と、呻《うめ》くような声でいった。寝たきりの病人に特有の酸っぱいような饐《す》えた臭《にお》いがつうんとわたしの鼻腔《びこう》を突いた。それに老婆はなにやら腥《なまぐさ》い臭いを発散させている。

『お願いだよ、孝太郎。キモをおくれ。キモをたべればあたしは治るんだから……』

谷川の水よりも冷たい老婆に手をあずけながら、わたしは恐怖で破裂しそうな頭で考えていた。キモとはなんだろう？　キモなんていう薬は聞いたこともないが。

『……太吉君、きみ、来てたのか』

いつの間にか縁側に孝太郎が立っていた。わたしは暗夜に提灯《ちょうちん》に出逢《であ》った旅人のように思わずほっとし、渾身《こんしん》の力で老婆の手をふりほどき、孝太郎のそばへ行った。

『孝ちゃん、昨日、ぼくの家に風呂敷包と草履を置きっぱなしにして行ったろう。そ

れを持ってきてあげたよ』

孝太郎はにこりともせず、問い詰めるような口調で、

『母ちゃんが太吉君に何か言ったか』

と訊《き》いた。とっさにわたしは首を横に振って嘘《うそ》をついていた。あのキモのことを言うと孝太郎に、たとえば取って喰われてしまいそうな気がしたのだ。

『太吉君、きみは母ちゃんの手を見たかい』

またわたしは首を横に振った。

『そうかい、でもほんとうかい？』

孝太郎はぐいとわたしの眼を覗き込んだ。なんだか腹の底をのぞきこまれているようないやな気がしたが、とにかくわたしは嘘をつき通すことに決め、何回も首を横に振った。

『そう。じゃいいや。太吉君、途中まで送って行ってあげるよ』

孝太郎は急に陽気な甲高い声になり、わたしを眼で外に誘った。

帰り道にはもうあの二匹の白い水蛇はいなかった。煙霧は嘘のように消え失せ、糸のような雨も上り、正午に近い太陽がかっと川原に照りつけていた。むんむんと立ちこめる川原の蓬《よもぎ》の草いきれの中を歩きながら、わたしは、今年の梅雨はこれで上るか

もしれないな、と思った。

わたしが思ったとおり、その日を境に橋野に夏がやってきた。わたしたちは橋野川で泳ぎはじめた。

弟の良吉が橋野川の淵《ふち》で溺死《できし》したのはわたしが孝太郎の家を訪ねた一週間後のことだった。その日もやはり日曜日で、わたしと良吉は朝からその淵で水遊びをしていた。『もちろん、いいよ』とわたしと良吉は、彼が仲間に入るのをよろこんだ。というのは、孝太郎が川上から川原を走りながら近づいて、『仲間に入れとくれ』といった。『もちろん、いいよ』とわたしと良吉は、彼が仲間に入るのをよろこんだ。というのは、孝太郎と水遊びしていれば、そのうちにきっと彼はわたしたちに飛び込みを見せてくれるだろうと思ったからだ。

孝太郎が体操の名手だったことは前にも話したが、飛び込みの腕前も凄《すご》かった。橋野の水泳自慢の青年や鉱山の度胸の坐《すわ》った鉱夫たちでも二の足を踏みそうな高いところから、孝太郎は真っ逆様に淵に飛び込むことができた。ほんとうに見ているだけで胸がすっとするような鮮かな腕前だった。

『飛び込みを見せてくれないかなあ』

三人でしばらく水をかけあったり、水の中で相撲をとったりしてふざけているうちに良吉が孝太郎にねだった。

『いいよ』

孝太郎がにっこり頷いた。

『そのかわり、良ちゃんの飛び込みも見せてくれよ』

『でも、ぼくはそのへんあたりからしか飛び込めないよ』

良吉は淵の上に突きだした一米ぐらいの高さの岩を指した。

『いいよ、あそこからでいいから飛び込んでごらんよ』

良吉はうんと言い、その低い岩の上によじ登った。そして、じゃぼんと飛び込み、それっきり浮び上ってこなかった。

『おかしいぞ』

孝太郎がまず騒ぎ出した。

『良ちゃんがもう一分以上も潜っている』

わたしも蒼《あお》くなった。たしかに小学一年生の良吉の肺活量でそんなに長い間水中に潜っていられるはずはない。孝太郎とわたしは良吉の飛び込んだあたりへ潜っていって、川底を何度も調べてみた。だが、良吉はいなかった。良吉がいない！　と泣き叫ぶわたしの声を近くで遊んでいた子が聞きつけて騒ぎだした。そして、そのうちのだれかが、大人たちを呼んできた。

良吉の捜索は橋野の集落の大人たち総出で、三日も続けられた。だが、良吉の死体はその淵からは上らなかった。

鉱山の人が、山の奥で鉱脈探しをしていた父のもとへも駆けつけたが、鉱山の人が父を見つけたとき、父はひとりでげらげら笑っていたそうだ。ちょうど良吉が溺《おぼ》れ死んだ日曜の正午ごろ、父は大きな鉄の鉱脈を発見していたのだ。不思議といえば不思議な暗合だった。

良吉の溺死体は一週間後、橋野川の下流の鵜住居《うのすまい》というところで発見されたが、水で脹《ふく》れ上った弟の死体には腸や肝臓がなかった。腸や肝臓は尻穴《しりあな》から巧みに引き抜かれていた……」

語り終えた老人はしばらくの間、身動きひとつせず、目をつむったままでいた。

「その孝太郎という子どもですね、犯人は。そいつが、弟さんの腸と肝臓を抜いたんです。もちろん、母親の病気を治すために。そうでしょう」

老人はぼくの問いには答えなかった。やはり黙りこくったまま目をつぶっていた。

「だいたい、その孝太郎って子は河童《かっぱ》だったんだ。人間の腸や肝臓を狙《ねら》って人の姿に化け、転校してきたんですよ。あなたのお父さんが鉱脈を発見したのは、河童の、せめてもの罪滅しだったんです」

「かもしれないし、そうでもないかもしれない」

老人は土瓶を湯呑《ゆのみ》の上に傾けた。お茶はもうなかった。老人は軽く舌打をして土瓶を囲炉裏の縁に置いた。

「すべて偶然だったかもしれない。ハンカチから仔犬を出したのはほんとうに手品だったかもしれない。彼の母親の指に水かきがあったのは目の錯覚、キモは聞き違い……」

「でも弟さんの死体から腸や肝臓が抜かれていたのをどう解釈します?」

「魚の仕業かもしれない」

「まさか」

「とにかく、父に鉱脈発見の褒美《ほうび》が入って、わたしの家はその金を元手に東京へ出て、小さな店を始めた。トランペットを習い出したのは東京へ出てからだった」

「孝太郎という子はどうしました?」

「ひと月後に死んだよ」

老人は煙管《きせる》の火皿に短く切った紙巻煙草《たばこ》をねじ込みながら言った。

「じつは橋野の集落でも河童の仕業ではないか、という噂《うわさ》があって、弟の葬式は黒葬で出したのさ」

「黒葬？」

「火を使わず、また白いものは布であれ紙であれ一切用いないというお葬式だよ。黒葬をすれば、犯人の河童は目が潰《つぶ》れ、腕が腐ってやがて死ぬ、というのがこのあたりの言い伝えだが、その言い伝えどおりに葬式を出したのさ。そして、孝太郎は軀《からだ》の腐る奇病で死んだ」

「やっぱり、河童だったんだ」

ぼくは立ち上り岩穴の外へ首を出した。昼休みの時間はもう終ろうとしていた。

「だから河童の孝太郎はそのむくいで死んだんだ」

犬伏老人は今度もわたしの問いに答えず、煙管の紙巻煙草に火をつけて、一服深々と吸い込んだ。

雉《き》子《じ》娘《むすめ》

「この一帯《あたり》、岩手県上閉伊郡《かみへいぐん》は、昔から飢饉《ききん》の多いところだが、きょうはその飢饉のはなしをしよう。昭和六年の飢饉のはなしを……」

ある年の五月の初旬《はじめ》、いつものように岩屋を訪ねたぼくに、犬伏老人は待ち構えていたように言った。

「この近在の村々の役場の前に『娘身売の場合は当役場内の相談所へお出ください』という掲示が張り出されたのも、あのときのことだ。あんたもどこかでそんな話を聞いたことがあるだろうと思うがね、じつに悲惨なものだったな」

ぼくは岩屋の入口をかがんで潜《くぐ》り、囲炉裏の前に老人と向いあって坐《すわ》った。ちょうどあたりの山々は、山躑躅《やまつつじ》の満開時で、岩屋の中にまでその甘酸っぱい匂《にお》いが立ちこめていてむせ返るようだった。

老人の顔はいつもより赤味が強かった。五月初旬といえば、いくら東北の山国の山の中でも充分に暖く、もう囲炉裏には火が入っていない。老人の顔が赤いのは、だから囲炉裏の火のせいではなかった。岩屋の中には酒の匂いもしなかった。だから酒のせいでもあるまい。

老人は、新生を三つに千切って、そのひとつを煙管《きせる》の火皿につめ、マッチで火をつけ、深々と一服吸い込んだ。老人の眼はぼくの肩越しに入口の外へ注がれている。ぼくが入ってきたときの、あの手ぐすね引いて待っていたよという気合いのようなものは、もう消え失せており、老人は深い物思いに沈んでいた。

ぼくは入口の方を振り返り、老人の視線を辿《たど》っていった。老人はどうやら、岩屋の真向いの山の斜面に咲き乱れている赤煉瓦《あかれんが》色《いろ》の山躑躅の花を眺めているらしかった。老人の顔が赤いのはおそらくその花の照り返しのせいだろう。

「前にも話したことがあるが、子どものころ、わたしはこの近くの橋野の集落に住んでいた」

老人は千切った新生の二本目を煙管の火皿に捻《ね》じ込みながら、ゆっくり視線をぼくに戻した。

「弟が近くの川で怪死したり、釜石鉱山の鉱脈探しの技師をしていた父が山に入りっぱなしで家を留守にばかりしていたせいもあって、橋野での生活にはあまりいい思い出はない。小学校の高学年になってから、父が鉄の鉱脈を一本発見した。たしか、そのときは鉱山から五百円の賞金《ボーナス》が出た。大正時代の五百円だから、これは一財産だった。わたしの母も橋野というところが嫌いでね、五百円の使い道について毎日、父と膝詰《ひざづ》め談判さ。鉱山の仕事はきっぱりやめて、これを機会に東京へ出よう、これが母の考えだった。父は鉱脈探しにまだ未練があったらしいが、しまいには、母を説得するのが面倒になったと見えて、上京する決意をかためた。

『東京へ行くんだよ、東京で暮せるんだよ』

上京が決まったとき、母はうわごとみたいにこう呟《つぶや》いて、勉強机に向っていたわたしを抱きしめた。母は感情をあまり外に出さない昔風の女だったから、普段はむろんそんな振舞いはしない。わたしはすっかり驚いてしまって、どぎまぎしたことを憶《おぼ》えている。赤ん坊ならいざ知らず、小学校の高学年にもなれば、母親にそんなことをされると、これは照れるものでねえ。じつにきまりが悪かった」

ぼくは持ってきた紙袋の中からジャムを塗ったコッペパンをふたつとり出し、ひとつを老人の膝許《ひざもと》へ置いた。そのころのぼくは朝のうちに療養所の売店でコッペパンを二個買っておき、昼休みにそれを老人と一緒に食べるのを楽しみにしていたのである。

老人は新生を囲炉裏の縁で揉《も》み消し、コッペパンを取って、手で小さく千切りながら、口の中に放り込んだ。ぼくは水瓶に手を伸し湯呑茶碗《ゆのみぢやわん》に水を注ぎ、それを老人の前に置いた。老人はその水をぐっと飲み干して、

「だが、上京は失敗だったねえ」

と言った。

「どうしてですか」

コッペパンを両手で摑《つか》むようにして持ち歯でねじ切りながら、ぼくは訊《き》いた。療養所の売店のコッペパンは堅焼で、喰い千切るのはなかなか骨だった。

「父はその賞金の五百円に、本家から出資してもらった千円を合わせて資本《もとで》にし、東京の東両国で小さな鉄材屋を始めたのだがね、はじめのうちは順調だったが、昭和初めの不景気ですっかりいけなくなってしまった。とどのつまりはそのころよくあった夜逃げさ」

「今度はどこへ行ったんです」

「いや、一家で夜逃げしたんじゃない。父だけが姿を消したのさ」

「でも、行く先は家族にはこっそり教えて行ったんでしょう」

「ところが、母にも秘密で姿を消した。なんでも、どこかの商売女が一緒だったらしい。それ以来、父の消息は杳《よう》として知れない」

「それでお母さんは……？」

「借金とりに責め立てられて夜も寝かせてもらえないという毎日が続いてね、とうとう半年ほどではかなくなってしまった」

「ちょっと待ってください」

ぼくは老人の話を遮《さえぎ》った。

「さっき、上京するとき、お父さんが本家から千円出資してもらったと言ったでしょう。大正時代にぽんと千円も出せるならば相当のお金持だと思うけど、どうして、そのとき、本家に縋《すが》らなかったんです？」

老人はぼくの眼を覗《のぞ》き込むようにしながら首を振った。

「いざとなると親戚《しんせき》が、身内が一番冷いものなのだよ。父の本家はこのあたりじゃ聞えた大地主だった。なにしろ小作人が五十人もいたぐらいだからね。だが、父の商売が左前になったとき、いちばんきびしく千円の出資金の返済を迫ったのもこの本家でね、最後には、ごろつきを雇って強催促《こわざいそく》をかけてきた。母が健康を損ったのも、この本家の強催促のせいだったといっていい」

「で、そのとき、おじいさんは何をしてたんです？」

「わたしか？　わたしは高等学校へ通っていた。勉強よりも音楽に夢中になっていた。毎日、ラッパばかり吹いていた」

老人は板壁の釘《くぎ》に引っかけたトランペットをちらと振り返った。

「そのころから将来はラッパで身を立てようと思っていたのだよ。だが、父は行方不明、母は病死、家は借金のかたに取り上げられる、そうなると毎日、ラッパばかり吹いているわけにもいかん。そこで高等学校を中途でよして、働きはじめた。だが、そのころ、東京には二十万人近い失業者が溢《あふ》れていた。『大学は出たけれど』というのが流行語になっていたぐらいで、高等学校中退なんて雛《ひよ》っ子《こ》に仕事があるわけはない。そうさな、そのころ東京にはたしか十二か十三の職業紹介所があったと思うが、夜中の二時か、遅くとも三時までに紹介所の前に並んでいないと仕事は貰《もら》えなかった。しかも、折角紹介されてもその仕事というのがまたひどいものでね、襖紙《ふすまがみ》の模様描きなんてのをやったことがある。これは真ッ白《さら》な襖紙に木の葉や花模様の型紙をのせて刷《は》毛《け》でこするだけなのだが、百枚描いてわずかの二銭というのだからねえ。しかも、一度仕事を廻してもらうと、次の仕事を貰うまで十日も半月も待たなければならない。おしまいには精も根もつき果てて、浅草公園のベンチで三日ばかりただ横になって過した。当時、東京には五千人のルンペンが居たそうだが、そのルンペンに、わたしもなりかかっていたというわけだ」

「そ、それでどうしました?」

「四日目に、ふっと本家へ帰ろうと思いついた。たしかに、わたしは本家を母の仇《かたき》とも思って憎んでいた。本家の方だって、わたしに好感を持ってくれているはずはない。

しかし、父が借りた千円は、東両国の家を売ってなんとか返済が済んでいたし、本家の主人は父のじつの兄、彼にとってわたしは甥《おい》に当る。頼めば納屋の隅に置いておくぐらいは承知してくれるだろう。わたしはそう思った。そして、その時まで身体《からだ》から離さず大切に抱えて歩いていたトランペットを上野広小路の中古楽器店に引き取ってもらって旅費を拵《こしら》え、北へ向う列車に乗った。たしか、昭和六年の夏のことだった」

老人はここでしばらくの間、コッペパンを黙々と嚙《か》んでいたが、やがてふと思いついたように、

「療養所への道の途中に黒森というところがあるが、あんたはあのへんに詳しいかね？」

とぼくに訊いた。療養所から、ぼくの住んでいた釜石市までは三里ほどあると前に書いたが、この三里のうち半分の一里半が山道だった。その山道が平地に達するあたりに黒い大きな森があり、これを土地の人たちは黒森と称していた。道から黒森に行くには一粁《キロ》ほど入らなくてはならないのだが、たまに残業で遅くなったときなど、この黒森の前を通ると、風もないのにざわざわと森の木々が鳴っているのが聞えたりして、なんとなく不気味だった。

道から黒森へ行く途中に、幅三間ほどの川があった。かなり早い流れの川で、その音が傍を通るたびに耳に入ってきた。だが、その流れの音は人の囁《ささや》き声とよく似ていた。陽が空に昇っている間はそれほどでもないのだがやはり夜になると、にわかにその流れの音が人声に似てくるのだった。しかも、若い女の囁くような、すすり泣くような声に。

「あの川の名は雉子川というのだが、川と黒森との中間に、本家の屋敷があったのだよ。地主だけあって大きな家でね、東向きに城前《じょうまえ》、つまり門があって、屋敷のめぐりは畠《はたけ》で塀《へい》はなかった。もっとも、この辺一帯が本家の地所だったから広すぎて、塀でかこうのはちょっと無理だがね。畠のあちこちに小屋が建っていた。これは作男たちの住居だった。つまり本家は、五十人の小作人に田畑を貸しているほかに、自分用の田畑も持ち、その田畑を五人ばかりの作男に耕させていたわけだな。作男たちの小屋の間取りは二間で、ひと間は土間。この土間に農耕具を仕舞い、馬を飼っていた。そしてもう一間が作男とその一家の居住する場所。これらの小屋にかこまれて本屋があった。この本屋は作男たちの小屋に較べると、まあ、天と地、雪と泥、金魚と目高、殿様のお城と乞食《こじき》の土管ほども違っておったね。屋根は厚さ二尺ほどもある本萱葺《ほんかやぶ》き、材木はすべて檜《ひのき》だ。セドノ口《くち》を入ると普通の住宅の一軒や二軒すっぽりおさまってしまいそうな広い土間だ。土間の左手が台所で、これも広い。三十畳敷の大座敷ほどもある。その台所の真中に大きな囲炉裏が切ってあった。台所の天井や柱や梁《はり》や桁《けた》は、囲炉裏から上る煙で真っ黒に煤《すす》けて、黒光りしている。床は磨き込まれて黒い鏡の面《おもて》のようだった。

土間の右手は馬舎になっていたと思う。これまた躰《からだ》をぴかぴかに磨かれた茶馬や黒馬が、わたしが入って行くと、警戒するようにしきりに鼻を鳴らしていた。

土間を真っ直に横切るのに、三十歩ぐらいかかった。その二十歩目あたりに、壁土で築いた大きな据釜《すえがま》があった。この据釜で、本家は毎日、朝夕、一斗ずつ飯を炊《た》く。

土間が終ったところに履物石があって、ここから奥へまっすぐ長さ十間ほどの大廊下が伸びている。この廊下の右手が御庭《おんにゃ》で左手には、茶の間、仏間、中座敷、上座敷の順に部屋が並んでいた。あとで知ったのだが、この茶の間＝仏間＝中座敷＝上座敷の列の更に右に、また寝間が三つに納戸と座頭部屋があった……」

老人の話に耳を傾けながら、ぼくはぼくなりに、頭の中に、その黒森屋敷の像を結ぼうと一所懸命になっていた。だが、座頭部屋とはなんだろう。

「座頭部屋というのは……」

老人はぼくの疑問をいちはやく察して座頭部屋の説明をほどこした。

「……昔、このあたりの地主は、家で宴会を開くときに、必ず座頭を招《よ》んだものらしい。酒席の座興に座頭たちに琵琶《びわ》を弾かせたり、田舎浄瑠璃《じょうるり》を語らせたり、滑稽《こっけい》な踊りを演じさせたり、ときには按摩《あんま》を命じたりしたわけだ。で、その座頭たちを待たせておいたり、泊めてやったりするところが座頭部屋だね。わたしが入って行ったとき、茶の間には頬の痩《や》せた初老の男が、ぼんやりと坐《すわ》って煙草《たばこ》をふかしていた。わたしは、その男を一目見て、あ、これが黒森屋敷の主《あるじ》、つまり自分の伯父だなとぴんときた」

「それまでその伯父さんには逢《あ》ったことがなかったんですか」

老人は頷《うなず》いた。

「わたしの父は本家の奨《すす》める嫁を断わって、自分で探した娘と一緒になった。それが本家の気に入らなかったのさ。だから、勘当も同然のあしらいでね、父はよほどのことがないと、本家には近づかなかった。当然、わたしにも本家に遊びに行くというような機会はなかった。それに、東京へ借金の取り立てに来たのも使いの者ばかり。そんなわけで、伯父とは、その時が初対面だった。

伯父はしばらくわたしの顔を見つめていた。が、そのうちにわたしが自分の弟と似ていることに思い当ったらしく、

『橋野の倅《せがれ》だな』

と陰気な声で言った。

橋野というのは父が長い間住んでいたところの名だ。

『なにしに来た？』

伯父の顔に警戒の色が微《かす》かに浮び上った。あこぎなやり方で母から金を取り立てたのを根に持って、わたしが怒鳴り込みにでも来たのだと思ったらしかった。

『しばらくここに置いてください。東京じゃ生きて行けないのです』

頭を下げると、伯父はふんと鼻の先で笑い飛ばして、

『いくら親戚の者でも、いまの家には居候《いそうろう》を置いておくほどの余裕はないね』

これも後から知ったことだが、二年続きの凶作で小作農はむろんのこと、地主もかなり苦しかったらしい。地主は小作農の丹精した米の半分を小作料として取り上げるのだが、凶作で米が穫《と》れない上、米価は不景気のせいでさがってくる。自然、収入が減る。しかも地主の場合、この減った収入の中から税金を払わなくてはならないから、凶作時の小作農ほどの悲惨さはむろんないにしても、なかなか容易ではなかったらしいね。今とちがってその頃は村へは国からの交付金など一銭もない。村は、村の財政を村税でまかなわなければならなかった。だから金持の地主のなかには税金の安い町へ逃げ出してしまうやつもいた。そうすると、その分だけ、残った地主の税金がまた

高くなる。ところが、黒森屋敷一族は逃げ出すには旧家すぎた、名家すぎた。大きすぎた。なにより外聞があるから、逃げ出すわけには行かない。そこで、村の税金の三分の一を一軒で背負い込むような破目になっていた。

しかし、そのときのわたしはそんな内情は知らぬし、たとえ知っていたとしても、伯父に縋るしか方途がなかったのだからどっちでも同じことだが、廊下に両手をついて伯父を拝んだ。

『畠仕事でもなんでもします。たべさせてもらうだけでいいのです。どうかしばらく置いといて下さい』

伯父は顎《あご》を手で支えて考えこんだが、そのときだった。茶の間の向うの仏間で、黒い影のようなものがちらりと動いた。見ると、仏間の欄間に、まるまると肥えた黒ねずみが十数匹ぶら下っている。心臓に五寸釘を打ち込まれたように、わたしはぎくりとし、更に目を細めて、よくよく確めるとそれはねずみではなかった。蝙蝠《こうもり》だった。蝙蝠が欄間の暗がりから、目を鬼火のようにちらちら光らせながら、凝《じっ》とわたしを見ているのだ。そのうちに仏間からふわりとひとつの人影が立ち上った。それは小柄な猫背の老女で、髪は新雪の朝の原っぱのようにまっ白だ。蝙蝠が一斉に欄間から舞い立って老女の周囲に群がった。中には老女の肩や腰にぶらさがるやつまでいた。

中座敷の方へ足を踏み入れた老女は不意にこっちを振り向いた。丸顔の童顔だった。それだけなら穏やかな隠居のばあさまというところだが、眼がかっと燃えていた。闇《やみ》の中の猫の目のように妖《あや》しく光っている。皺《しわ》だらけの顔に唇だけが紅《あか》い。これもまたあとで知ったことだが、老女はわざわざ山形から紅花《べにばな》の玉を取り寄せ、八十何歳になるそのときも、朝夕、唇に紅を差すのを日課にしていたのだそうだ。しばらくわたしを見ていた老女の紅い唇が、やがてゆっくりと動いた。

『三番小屋が空いてるじゃないか』

老女はそういって中座敷の襖を閉めた。蝙蝠が一匹仏間に取り残され、襖をばたばた長い黒い羽根で叩《たた》いていた。が、そのうちにその蝙蝠は、一度、縁側に出、縁側から中座敷へひらりと飛び込み見えなくなった。

『……そうだ。三番小屋が空いとったわ』

伯父が呟《つぶや》いた。

『三番小屋に寝泊りするか。むろん、作男と同じように野良《のら》仕事をしてもらわなくてはならんがね』

わたしは大急ぎで頷いて、そうしますと言ったが、これが、伯父と祖母にはじめて逢ったときの顚末《てんまつ》だよ」

老人はここで長火箸《ながひばし》をとり、囲炉裏の灰をかき廻し、熾《おき》をかき集め、ひとつところにまとめた。そして、熾の上に、枯枝をのせ、自在鉤《じざいかぎ》に薬罐《やかん》をひっかけた。老人はどうやらお茶を入れてくれるつもりらしかった。枯枝が燻《くすぶ》りはじめた。青白い煙が濛々《もうもう》とあがる。老人は枯枝に顔を近づけると火吹面《ひょっとこづら》になり、ぷうと吹いた。枯枝に火がついた。

「……これからがいよいよ本題ですね」

ぼくは囲炉裏からすこし遠くへ座を移した。五月初旬の焚火《たきび》はやはりすこしもてあます。

「今日の話はずいぶん前置きが長いみたいだ」

老人は枯枝の上に細目に割った薪《まき》をのせた。

「かも知れない。思いつくまま喋《しゃべ》っていると、どうしても話に斑《むら》が出るね。さて、そういうわけで、わたしは黒森屋敷の三番小屋に住み込むことになった。三番小屋は屋敷の北にあった。まわりは茄子《なす》畑でね、それから毎日、飯のお菜は茄子さ。茄子を捥《も》ぐ。よく出来た茄子は屋敷に納める。出来の悪いのは例の雉子川で洗い塩をつけて生のまま喰う。飯も台所からわけてもらう。むろん銀飯なんかとは違う。玄米三分芋四分、それに昆布《こんぶ》の根元の、芽株三分の黒っぽい飯だ。朝飯がすむと、一番小屋から五番小屋までの作男たちが、屋敷の前の御庭《おんにや》に集まって、伯父の指図を仰ぐ。『今日は田の草取り』だとか『山草刈り』だとか、その日の作業を伯父が命令するわけさ。昼の弁当もこのときに貰《もら》う。弁当というと聞えはいいが、なあに例の芽株飯を握ったのが二個と、しなびた沢庵《たくあん》が三切れずつというお粗末なやつだ。作男たちと一緒に仕事をするようになってから、黒森屋敷についていろんなことが判明《わか》ってきた。とくに二番小屋の源作という男が仕事をしながら、いろいろと教えてくれた。

『源作さん、あなた、屋敷の仏間の蝙蝠を見たことがありますか』

秋口のある日、わたしは源作さんに訊《き》いたことがあった。そうだ、ちょうどこの辺で山草を刈っていたときだったと思う」

老人はぼくに注いでいた眼を向いの山に走らせた。

「つまり山草を刈って干し、冬の間の馬の飼料にするわけさ。源作はわたしの問いに頷いた。

『知ってますとも。黒森の御隠居の蝙蝠占いといえば、この上閉伊でも知らない人はありませんよ。なにしろ、金を出して占いを見てもらおうという人もあるぐらいですから』

『蝙蝠占い？　なんです、それは』

『わたしも一度、見たことがありますがね、たとえば、誰かが行方不明になったとするでしょうが。そうして、万策つきて、御隠居のところへやって来ますな。すると御隠居は、夜、御庭に出て、蝙蝠を外に追い出すんですよ』

『それで？』

『御隠居は十数匹の蝙蝠の飛ぶ様をじっと睨《にら》んでいなさる、口でぶつぶつ何か唱えながらね。なんでも御隠居には、蝙蝠の飛び交う様で、行方不明の人や物の居所や在《あ》り処《か》がわかるんだそうで……』

『そんなばかな……』

『でも、たしかに当るんですよ、それが。わたしが見ていたときは、御隠居は近所の地主の旦那《だんな》の鞄《かばん》の行方を占ってらっしゃいましたが、たしかに、御隠居のおっしゃった場所からその失《う》せ物の鞄が出て来ました』

わたしはその時は源作さんの言葉を信じなかった。そんな馬鹿《ばか》なことがあってたまるか。そんなことで失踪《しっそう》人や失せ物がわかるなら警察も興信所も要るまいじゃないか。

そんな話をしているところへ山の斜面をわたしたちの方へ若い娘が登ってきた。男の子のような紺飛白《こんがすり》の着物を着ている。だいぶ着古したものらしく、紺の色が落ちて白っぽくなっていた。ところどころに継布《つぎ》が当ててあって、まあ、いえば襤褸《ぼろ》の一歩手前という着物、だが、洗濯がきいているからさほど見すぼらしくはない。かえって清々《すがすが》しい感じがした。髪は左右に分けてお下げにし、足には冷飯草履をつっかけていた。不恰好《ぶかっこう》で、たぶん自分で編んだ草履なのだろう。

『お志保じゃないか』

源作さんが目をまるくした。

『駄目じゃないか、起き出したりしちゃあ』

志保と呼ばれた娘はすき透《とお》るように白い顔をしていた。唇だけが気味の悪いほど赤かった。ほら、あんたのところの療養所の患者たちと同じさ。顔立ちは悪くはなかった。おまけに色白だ。寂しい印象があったが、なかなかの器量よしに見えた。

『山百合《やまゆり》の根を掘りに来たの』

志保はぽつんと言った。

『冗談じゃねえ』

源作さんは志保さんに帰れというように手を振った。

『屋敷の人に見つかったらどうする。このへんの山はみな黒森屋敷の山だ、その山にある草一本、根っ子ひとつ、みな黒森屋敷のものだ、それを無断で掘るのは泥棒と同じことだとどやされる。それぐらいわかっているだろうが』

『だって、お父ちゃんに山百合の根の煮付をたべさせてあげようと思ったの』

『こっちのことより、自分の心配をしたらどうなんだ？』

父親の激しい口調に娘は肩を落し、いま登ってきた斜面を、またおりて行った。黒森屋敷の作男小屋に住むようになってひと月も経《た》つのに、隣の小屋に若い娘が居るのに気づかなかったとは、若い男らしくもない迂闊《うかつ》さだったが、もっとも娘は小屋の中で寝たっきりだったらしいから、気付かなくて当然だったのかもしれない。いずれにしてもその時、わたしはやはり黒森屋敷を頼ってきてよかったと思ったものだ」

「つまり、そのお志保さんという娘に恋をしたわけですね」

ぼくは老人の話に口ばしを入れた。

「かもしれないな」

老人は苦笑した。

「恋は成就《じょうじゅ》したんですか」

「若い人はこれだから気が早くて困る」

老人は自在鉤から薬罐を外し急須に湯をついだ。

「好意を持ったのは事実だがね、なにしろ相手は病人だ。恋だなんてとてもとても」

老人は茶を注いだ湯呑《ゆのみ》をぼくの前に置いた。

「それにその秋は、恋どころの騒ぎじゃなかったのさ」

「なぜです」

「今でいう台風が続けざまに東北地方を襲ったのだよ。その秋の収穫は、凶作だった前の年の約三分の二どまり。ひどい飢饉《ききん》がやってきた。地主連は小作料を引き上げ、あちこちで小作争議が起った。小作人をさかさにして叩いても、もうそれ以上ひと粒の米も出ないと知ると、地主たちはみな釜石市へ逃げ出していった。釜石には大きな製鉄所があって、そこが納める多額の税金のおかげで市税は安かった。だから税金のがれの転出ってわけだ。小作人たちは喰うために娘を次々に売りに出した。村から若い娘たちの姿がみるみる減っていった。

わたしら作男たちは黒森屋敷に丸ごと雇われているわけだから、むろん小作料の引き上げなどという辛《つら》い目に逢《あ》わずに済んだが、そのかわりに、もともと雀《すずめ》の涙ほどだった給金がさらに低額になり、そのうちにとうとう無給になってしまった。米の割合を減らした芽株飯が出るだけさ。それで嫌ならどこへでも行ってしまいなさいというわけだ。

そうこうしているうちにやがて根雪の時期になった。黒森屋敷は雪に閉された。

冬の間は野良仕事は殆《ほとん》どない。週に一度、屋敷の屋根の雪おろしをしたり、台所の言いつけで、畑のあちこちに掘った貯蔵穴から、雪をかきわけて野菜を掘り出したり、雪の原に馬を追ったりするとき以外は、御庭《おんにや》の向いの土蔵の横の納屋《ながや》の中で、俵を拵《こしら》えるのがわたしら作男たちの仕事だった。むろん、俵は魚市場に引きとらせ、その代金が黒森屋敷の収入になるわけだ。この俵は魚粕《うおかす》を入れるのに使われていたらしいがね。

その年の十二月の中旬《なかごろ》だったと思う。ある朝のこと、納屋に行くと、源作さんの顔が見えなかった。源作さんという男は真面目《まじめ》な働き者で、集まりの時間についぞ一度も遅れたことがない。なのにどうして今朝は姿を現わしていないのか。わたしはふっと厭《いや》な予感がした。

(なんかあったのだろうか。遅刻が伯父に知れたら、また言われなくてもよい嫌味をしこたま喰ってしまう)

わたしはそう考え、二番小屋へ源作さんを迎えに行った。

二番小屋の板戸をあけると、甘酸っぱい匂《にお》いがした。それは長患《ながわずら》いの病人の寝ている部屋に特有の匂いだった。源作さんは志保さんの枕元《まくらもと》に坐り込んで、じっと娘の顔を覗《のぞ》き込んでいた。

『どうしたんです』

わたしが訊くと、源作さんは腫《は》れぼったい目をゆっくりとこっちに向けた。

『娘がひどく悪いんですよ』

志保さんの顔色はすっかり紅潮している。紅潮といっても健康な人間のそれではない。顔色が異様に紅いのだ。眼をうっすらと開けているが、眼球は天井を睨んだままびくとも動かない。そして弱々しい、それでいてせわしい息づかい。

『ここ十日ほど、これは一言も口をきかんのですよ。口をきかん、というより、きく気力もないらしい』

源作さんは志保さんの布団《ふとん》の中へ手を入れていた。おそらく、志保さんの手を握ってやっているのだろう。志保さんの息づかいが更にせわしくなった。源作さんは志保さんの耳許《みみもと》に口を寄せて、

『……元気を出すんだ、志保』

と、大きな声ではげました。

『父ちゃんがついてるんだぞ。だから、元気を出すんだよ。志保、なにか父ちゃんにしてもらいたいことはないかい？　父ちゃんにできることだったら、なんだってしてやる。志保、なんかないか』

彼女は答えなかった。ただ、長い間駆けたあとの犬のように、はあはあ軀《からだ》で息をしているだけだった。

源作さんは諦《あきら》めて志保さんの耳から口を離し、弱々しく笑った。

『ずうっとこの調子なんですよ』

『医者に診《み》せましたか』

源作さんは力なく首を横に振った。

『診せなくちゃだめだ。伯父に金を借りましょう。わたしが話してあげますよ』

わたしは立ち上ろうとしたが、そのとき、志保さんが思いがけない強い口調で言った。

『だめ！　わたしのためにお金を借りちゃだめ。父ちゃんが苦労をするばっかりだから……』

それから彼女は夢見るような目になって

『わたしはどうせもうだめだけれど、その前にひと口、白いおかゆをたべてみたいなあ……』

と呟《つぶや》いた。源作さんが手の甲で目をこすった。

『他愛《たわい》のねえことを言いやがる。十日ぶりにやっと口をきいたと思ったら、白いおかゆだなんて、まったく他愛のねえ……』

だが、わたしには、白いおかゆが他愛のない願いだとは思えなかった。この飢饉《ききん》のさなかに、どうやって白い米を手に入れるのか。その難しさは当の源作さんがもっとよく承知しているはずだった。値の高い白米を手に入れるだけの貯《たくわ》えが源作さんにあろうはずはなかった。黒森屋敷の五つ並んだ土蔵のどれかに、おそらく白米の入った俵がひとつやふたつは隠してあるだろうが、この大飢饉のさなかにその白米を、それは気の毒にと、たとえひと摑《つか》みでも出してくれるほど、伯父は気前はよくない。贅《ぜい》沢《たく》を言うな、と怒鳴られるのが落ちだろう。下手をすると、この際、ひとりでも口減しをしたいところだったが、ちょうどいい、いますぐ出て行くがいい、と小屋を追い出されかねない……」

老人はひとつ大きな溜息《ためいき》をついた。それから長い間、囲炉裏の火の上に目を落していた。なんだかこの先は話したくない、というような表情だった。

「……それで、それでどうなったんです？」

ぼくは待ち切れなくなって、老人に話の続きをうながした。

「その晩、土蔵のひとつが破られた。そうして、米俵からは米が一升ほど盗まれていた」

「その源作という作男がやったんですね」

「……まあね。土蔵から米がなくなったと聞いたとき、わたしにはすぐに犯人はわかった」

「で、ばれたんですか？」

「わたしは知らんぷりをしていた。だから、あくる日の夜までは誰にもわからなかった」

「あくる日の夜までは？　すると……」

「あくる日の夜、わたしら作男は全員、雪の積った御庭に呼び集められた。台所の下働きの女たちも全部だ。つまり、伯父は、本物の泥棒なら米一升ぐらいでは逃げまい。すくなくとも一俵は担《かつ》いで行くはずだ、とすると犯人は屋敷のなかのだれかだろうと勘を働かせたらしい。


わたしらは、寒さを防ぐために藁靴《わらぐつ》で足踏みしながら御庭で伯父の出てくるのを待っていた。すると小一時間ほどしてから、いきなり縁側の板戸ががらりと開いた。はっと思って見ると、伯父のかわりに祖母が立っている。あれ、と思う暇《いとま》もなく、祖母の背後からなにか黒いものが御庭に立ったわたしたちの方へ飛び出してきた。それは例の蝙蝠《こうもり》だった。連中はきいきいと耳ざわりな声で啼《な》き立てながら、わたしたちの頭上を飛び廻った。だがそれも一瞬、蝙蝠は今度はわたしたちのひとりひとりの眼のあたりを狙《ねら》って、思いがけない速さで舞い降りてきた。そして、眼の前一米《メートル》ぐらいのところでひらりと体を躱《かわ》して反転し、夜の闇《やみ》の中に忍者もどきに姿を消した。ほっと息つく間もなく、別のがまた飛来する。わたしたちは雪の上に身を伏せ、頭を両腕で包むようにしてかかえ蝙蝠の襲来を防いだ。蝙蝠たちの攻撃がどういう具合か、間遠になるときが何度かあった。そんなときにわずか頭をあげて、わたしは縁側に立つ祖母を観察した。

祖母は手にした数珠《じゅず》を揉《も》みながら、小声でなにか唱えていた。山伏の呪文《じゅもん》のようだったが、詳しくは聞きとることが出来なかった。祖母の眼がやがて妖《あや》しい光を放ちはじめた、ような気がした。祖母はわたしの近くのだれかを凝《じっ》と見ていた。祖母の視線を辿《たど》ると、その先に源作さんがいた。源作さんは雪の上に膝《ひざ》まずき、糸あやつりの人形のようにだらりと手を前にぶらさげ、瘧震《おこりぶるい》をしていた。縁側からの灯にすかして見ると、源作さんの顔色は膝許の雪よりもなお白かった。

『帰っておいで』

祖母が蝙蝠どもを手招きした。蝙蝠どもはあっという間に縁側の向うに引き揚げた。

それを見届けて、祖母がぴしゃりと板戸を閉めた……」

「そ、それでどうなりました」

ぼくは老人の方へ思わず膝を進めた。前にあった湯呑が膝に押されて床板の上をころころと転がった。

「あくる朝、源作さんは雉子川に上半身を突っ込むようにして死んでいた」

老人は厭な話は一気に片付けてしまうといったような感じで早口になった。

「この辺では酔って雪の中に寝込んで凍死するという例がよくある。源作さんの場合もそれで片付けられてしまった。だが、わたしは源作さんがそんな不注意から命を落したとはとても思えない」

「な、なぜです」

「第一、源作さんには酒を買う余裕はなかった。第二に、これはこの眼ではっきりと見たのだがね、源作さんの喉仏《のどぼとけ》には傷があった。鋭い口ばしで一気に突き刺したような傷がね。辺りの雪の上に血の痕《あと》がなかったのは上半身を川に突っ込んでいたからにちがいない。別に言えば……」

「……誰かが血の痕を残さぬように企んで、上半身を川の中に押し込んだ……というんですね」

老人は頷《うなず》いた。

「蝙蝠ですね、その源作という作男の喉を突いたのは」

老人は首を振って、

「わからない。そうかも知れないし、そうでないかも知れない。しかし、なんだって源作さんは自分の小屋から百米も離れている雉子川の岸まで出て行ったのだろう？ ここ三十年来、ずうっとそのことを考え続けているのだがよくわからん」

老人はおしまいは呟くように言った。

「蝙蝠に追われたんじゃないでしょうか」

老人はぼくの問いには何の反応も示さなかった。ただ火箸《ひばし》で灰の上にしきりになにか字を書いては消していた。

「志保という娘はどうなったんです」

ぼくは話題を変えた。

「持ち直した。不思議なことにすっかり持ち直した。年が明けてからは屋敷の台所の下働きをしはじめた。そして暇があると雉子川の源作さんが死んでいたあたりへやってきて、いつまでも泣いていたね。そして、そのうちに一言も口をきかぬようになった。喋《しゃべ》りたくないのか、泣きすぎて喉のどこかを痛めたかして喋れなくなったのか、それはわからないが、長い間、だれとも口をきかなかった。やがて、春になった。志保さんの小屋に同居者が迷いこんできた」

「同居者？」

「者というのは正確じゃないかも知れないね。その同居者というのは雉子だったのだから」

「……雉子？」

「足を怪我《けが》していたがね、志保さんの看病のおかげですっかり元気になって、それからはどこへ行くのもいつも志保さんと一緒さ。志保さんが台所へ行くときはその後へついて行く、山に出かければ先に立つ。ところがある日のことだ。急にその雉子と例の蝙蝠が喧嘩《けんか》を始めた。理由もなにもない、いきなりだ。そのときの争いで蝙蝠が一匹のこらず雉子にやられた。祖母はすっかり色を失って泡《あわ》を吹いてひっくりかえってしまった。伯父は怒って猟銃を持ち出した。雉子を射殺そうというわけだ。だが、雉子はどこに隠れたのか、一向に姿を現わさない。伯父が諦めて屋敷の中に引っこみかけた。そのとき、志保さんが屋敷から外へ出たのだ。志保さんを見て鳥ながら我慢できなかったのだろう、雉子が屋敷の屋根の上に姿を現わし、一声高く啼いた。伯父はその声で見当をつけ、素速く引金をひいた。雉子は屋根から御庭に落ちた。

志保さんは走り寄って雉子を抱き上げ、しばらくの間、頬ずりをしていたが、やがて何カ月ぶりかでこう言った。

『わたしは白いおかゆがたべたいと父に口をきいた。おまえは、ここにいますよとわたしに口をきいた。二人とも口をきいたばっかりに……』

わたしは志保さんにかけよった。

『志保さん！　口がきけたじゃないか』

志保さんは、わたしをじっと見ていた。それから身を翻《ひるがえ》し山へ向って走りだした。わたしは、志保さんの様子に只《ただ》ならないものを感じてそのあとを追った」

「……そ、それで」

ぼくが訊《き》くと、老人は向いの山の斜面に咲く山躑躅《やまつつじ》の花を指していった。

「……ちょうどあのあたりで見失ってしまった。そして、それっきりだった。あのときも山躑躅の花が咲いていた……」

ひょっとしたら、とぼくは老人の話を聞きながら思った。彼は三十年も前にこのあたりの山の中に姿を消したその志保さんという娘を探すために、この岩屋に住みついたのではないだろうか。そして、ラッパを吹くのは志保さんへの呼び掛けなのではないか。

だがもう時間がきていた。ぼくはもう療養所へ戻らなくてはならなかった。ぼくは訊くのを諦め犬伏老人に会釈《えしやく》をして外へ出た。

目の前の山躑躅の花は、一時間前に来たときよりも、一層、鮮やかな色をしているように、そのときのぼくには見えた。

冷し馬

犬伏老人から「冷し馬」のことを聞いたのは、たしかぼくが岩手県東海岸近くの療養所の事務雇になってはじめて迎えた夏のはじめのある土曜のことで、その日は朝からひどく暑かった。老人の吹き鳴らすラッパを合図に帰り支度をして五分ほど山道を歩き、療養所裏手の岩屋の前に立ったとき、ぼくは頭から水をかぶったように汗でびっしょり濡《ぬ》れていた。

「あんたは汗症だねえ」

ひんやりと心地よく冷えた岩屋にもぐり込み、手拭《てぬぐい》で汗を拭っているぼくに老人が言った。

「まるで遠馳《とおが》けした馬のようだよ。馬も人間のように、汗を流すことで体の熱を発散させる仕掛けになっていてね、暑いときはたいへんに汗をかく」

「馬じゃなくてよかった」

ぼくは老人が湯呑《ゆの》みに汲《く》んでくれた水を一息に飲み干した。それは汲み立ての岩清水で微《かす》かに草の匂《にお》いがしていた。

「だって、馬はこうやって自分で汗を拭《ふ》くことが出来ないんだから」

「冷し馬という手があるさ」

「冷し馬？　なんですか、それは」

「馬が川や沼や海へ入って体を冷すことだ。柳田国男の『遠野物語』にも、冷し馬のことが見えている。たしかあの中の六十七だったかに書いてあったと思うが……」

ぼくの働いていた療養所は遠野に近かった。汽車で一時間あるかなしかだった。ここでちょっと註釈《ちゆうしやく》を加えさせていただくと、この一時間は平地での一時間とずいぶん違う。その療養所のあった岩手県太平洋岸の釜石市郊外から遠野までは、そう高くはないが嶮《けわ》しい山がいくつも重っていた。だから釜石市を出た汽車は山間《やまあい》を蛇行し、ときには山を鉢巻にしてひと廻りもふた廻りもし、登り進んではちょっと後退しまた登り進むというふうに、たいへんな手間ひまをかけて遠野へ着くのである。つまりそういう走り方をしているから一時間もかかるので、実質的な距離はそう遠くはなかった。したがって釜石の人たちは遠野に隣町に対するような親しみを抱いていた。ぼくもまた同様で、釜石の市史を読むようなつもりで柳田国男の『遠野物語』に親しんでいたのだった。

だが『遠野物語』のなかに冷し馬についての記述があったかどうかというような細いことになるとそうは急には思い出せず、ぼくは煤《すす》けた天井に眼をやってしばらく考え込んでいた。

「たしか『遠野物語』の六十七というのはこうだったと思う。『……安倍貞任《あべのさだとう》に関する伝説はこの外にも多し。土淵《つちぶち》村と、昔は橋野といひし栗橋村との境にて、山口よりは二、三里も登りたる山中に、広く平らなる原あり。そのあたりの地名に貞任といふ所あり。沼ありて貞任が馬を冷やせし所なりといふ。貞任が陣屋を構へし址《あと》とも言ひ伝ふ。景色よき所にて東海岸よく見ゆ』……」

ぼくは呆《あき》れて老人を見詰めていた。前々から不思議な人物だとは思っていたが学識もなみなみならぬものがある。

「そういえば宇津保物語にも『……御馬ども池に引きて冷し……』という一節があったな。炎暑のとき、馬を水の中に放って避暑をさせることはずいぶん昔から行われていたようだねえ」

ここで老人はぼくの畏敬《いけい》の念に溢《あふ》れた視線に気付いて笑いながら手を振り、

「ほかにはたいした能はないが、ただ記憶力が妙にいいという妙な人間も世の中にはいるものさ」

とすこし照れた。

「しかしそれはそれとして、せっかく話にのぼったのだから、今日はその冷し馬のこ

「とでも話そうか」

ぼくが頷《うなず》いて坐《すわ》り直すと、老人はまたなにか思いついて不意に立ちあがった。

「冷し馬について話すなら、牧岬《まきみさき》まで出かけたほうがいいかな」

牧岬という名には聞きおぼえがあった。釜石の南へ海岸伝いに二、三粁《キロ》行くと、高さ数十米《メートル》の断崖《だんがい》があって、海へ長く突き出しているその断崖を地元の人たちは牧岬といっていた。

「ぼくは構わないけどおじいさんは帰りがたいへんでしょう。牧岬から釜石まで三粁か四粁、釜石からここまでが六粁で合計十粁の往復。ここへ帰るのは夜になってしまいますよ」

「あんたは案外と方向音痴なんだねえ」

老人が笑い出した。

「釜石を中心に考えればたしかに牧岬からここまでは遠い。しかし、牧岬とここは意外に近いのだよ」

老人は火のない囲炉裏の灰の上に、火箸《ひばし》で素速く三角形をひとつ描いた。それはちょうど三角定規とよく似た形をしていた。老人は三十度の角を火箸で刺した。

「ここが釜石だ」

次に、三十度の角から直角のほうへ火箸を移動させた。

「この直角が牧岬だ」

さらに老人は火箸をもとの角のところに戻し、その角から六十度の角まで走らせた。

「この六十度のところがここだ。たしかに、この六十度の角から三十度の角を経て直角へ行くのは遠いよ。だが六十度の角から真直に直角へ行けば近い」

「たしかに近いけど、でも道が嶮しいでしょう」

「そうでもないさ。山をひとつ越えればいいだけだし、戦前は、このあたりから牧岬へ出る道はいってみれば山の銀座通りみたいなものだった」

「山の銀座通り……？」

「毎日のように人や馬が通っていたのだよ。今でもその道が残っているはずだ」

老人の後に続いてぼくは岩屋から出た。そして、青葉と草いきれと真夏の陽光の中を東に向って歩きだした。数日前までじとじと降り続いていた梅雨は完全にあがったようだった。見上げると老人の肩越しに山の緑の稜線《りようせん》が見え、その向うに白い夏雲が積み重っていた。目を道の上に落すと、ときおり、左右の夏草の緑の中に鮮やかな赤色が現われる。

「ほう、草イチゴだ」

老人はその赤い実を摘んだ。

「これは馬の大好物なのだよ。だが、人間様にも喰えぬことはないのさ」

老人は赤い実を口に抛《ほう》り込んだ。ぼくもそれにならった。口中に青臭い酸味がひろがった。

「戦前、あの牧岬は、南部馬の放牧地だったんだよ」

山を登り切って峠の頂上に立ったとき、老人が眼下を指して言った。白い雲の浮ぶ青い空の下に、碧《みどり》の波の太平洋がひろがっていた。その太平洋に杓文字《しやもじ》のような、長さ一粁ほどの小さな岬が突き出している。

「じつに理想的な放牧場だとは思わないかね？」

老人の言う意味が馬には素人のぼくにもすぐにわかった。杓文字の飯を盛る部分に馬を追い込み、手で握る部分、つまり柄のどこかに柵《さく》を作れば、それだけで三方を海に囲まれた牧場ができあがる。柄の部分は幅が五十米もないのだからそれはごく簡単な仕事ではないだろうか。

「あの放牧地には、昭和十年頃の例でいえば、半野生の牝馬《めすうま》が四、五十頭いた」

老人は牧岬のほうへ真直に山道を下りはじめた。左手の杉林の間から釜石南端の市街地がちらちらと見える。右手には六、七十戸ほどの村落が海の縁に沿って伸びていた。

「それでその四、五十頭の牝馬の中に放たれる牡馬《おすうま》は、三、四頭といったところだったと思う」

「その前に、牧岬という放牧地は誰の持ち物だったのです」

老人は右手の村落を顎《あご》でしゃくった。

「あの村のものさ」

「じゃあ、村有の放牧地というわけですか」

「そういうことになる。毎年生まれる仔馬《こうま》を村中総出で捕えて、この、いまわたしらが歩いている道を通って遠野の馬市に出す。それがあの村のかなり大きな収入になっていた。もっとも、わたしが住んでいたころは陸軍の買付け係が直接《じか》に村へやって来ていたがね」

「わ、わ、わ、わたしが住んでいたころというと、おじいさんはあの村にいたことがあるんですか」

老人はふっと暗い眼付になって村を眺めおろしていたが、やがて微かに頷いた。

「一年ほどあの村の小学校で教えていたことがあるんだよ」

それから老人は、六十歳を超えた足とは思えぬほどの確かさと速さで、牧岬に向ってまっすぐにおりていった。

牧岬の先端、杓文字にたとえて言えば飯を盛る部分に当るところは、まだ若い杉の木で覆《おお》われていた。左右は数十米の断崖で、下は海である。ただ一個所《かしょ》だけ、なだらかな傾斜で海に落ちこんでいるところがあった。

「ここが『冷し馬』の地点だよ」

老人はその傾斜の先の磯辺の岩に腰をおろした。ぼくは靴を脱ぎ足を冷たい海水に漬けながらあらためて、いま通ってきたかつての放牧地を眺めあげた。

普通、樹木に覆われた地面には草が生え難《にく》いものなのに、その若い杉林の下にはびっしりと草が生い茂っていた。それがなんとなく奇妙な印象である。

「あのころの牧岬には樹木は一本もなかった」

ぼくの疑問を察したのか、老人が言った。

「岬の付根の近くまで一面の草地だった。林がはじまるのはその付根のあたりからで夜になると馬たちはそこで眠った。冬は昼間でも林の中に籠《こも》って寒さを避けて暮していたようだね。林の中の雑草や新芽や木の葉が彼等の食糧だった……」

「その草地になぜ杉の木を植えたんです?」

「戦後は馬が流行《はや》らなくなったからだよ。ことに、この牧岬の馬は半ば野生の小型馬だ。小廻りがきき、辛抱強く、粗食も平気、力もあるから、田畑の耕作や荷駄の運搬には適《む》いている。旧陸軍もこの牧岬の小型馬を『輜重馬《しちょうば》としては第一級』と評価していたほどさ。だが、戦後は自動車にとってかわられ役立たずの馬になってしまった。これから生き残れる馬は競走馬ぐらいのものだろう。村の人は馬よりも木材の方が収入になると考えて草地に杉を植えた。もう馬はいない」

老人は手を日除《ひよけ》のように額にかざし例の村落のほうを眺めた。海の間際《まぎわ》にまで山が迫り、その山裾《やますそ》にしがみつくようにして人家が一列に並んでいる。

「村落の中央にお寺があるのだが、見えるかね?」

ぼくは頷いた。人家の屋根はトタンなのに、一軒だけ赤瓦《あかがわら》の屋根がある。

「信光寺という寺だ。わたしがあの寺に間借りして小学校へ通勤していたころ、信光寺の住職が村長を兼ねていたのだがね、その寺の隣りに、源太郎という馬車曳《ばしゃひ》きが、青江という娘と二人で住んでいた」

「青江……ですか。変った名だなあ」

「源太郎は馬車曳きだ。墨色の馬のことをアオというが、馬車曳きだけに、馬の色から連想して命名したんだろう。さて、わたしがお寺に住んでいたころ、源太郎の可愛《かわい》がっていた馬が牡で、小さかったががっしりした骨組の、なかなかいい馬だった。その馬はシロと呼ばれていた」

「シロか。なんだか犬みたいですねえ」

「そう、犬のように主人に忠実な馬だった。ひたいに大きな白い斑紋があってね、しかも四本の足の先も真白で、ちょうど白足袋をはいているように見えたものさ。だからシロだったんだろうねえ。もっとも青江という娘だけは人間でも呼ぶようにはっきりと『四郎！』と言っていたが、これからわたしが話そうと思うのは、この青江とシロの情死事件なんだよ」

ぼくは愕《おど》いて老人を見た。人間と馬が情死するなんて、そんな莫迦《ばか》なことがあるはずはない。老人はぼくをからかおうとしているのだろうか。

だが老人は、地獄の底でも覗《のぞ》き込むような暗い表情をしている。

「それはたしかに情死だった。あるいは心中とでも言った方がよいかもしれないが、いずれにせよ、これからわたしのはなすことを最後まで聞いてくれれば、きっとあんたも、わたしが別に奇をてらって『情死』だの『心中』だのと言っているのではないとわかってくれるはずだがね」

「でも、馬と人間が情死するなんて、あまりといえば馬鹿《ばか》々しすぎるなあ」

「あんたは悪《あ》しき近代主義に骨の芯《しん》まで犯されているようだね」

老人はまじめくさった表情になって顎の不精髭《ぶしょうひげ》を撫《な》でた。

「あんたたちは大自然とまともに向き合うのを避けて人工のものばかりを相手にしている。おかげで大自然が、そしてその大自然の中で生きる動物たちのことがすっかりわからなくなってしまっているのさ。人工のもの、それをあんたたちは文化とか文明とか呼んでいるらしいが、そういうものが現在《いま》のようにはびこっていなかった時代には、馬と人間の交情などごく当り前のことだったのだよ。たとえば、遠野にこんな実話がある。百年ばかり前のこと、遠野のある長者が妻と娘を残してはかなくなった。母娘ともとてつもない美人でね、町の男たちが競って口説いたり夜這《よば》いをかけたりしたが、身持ちが堅いというのか、二人とも男たちの誘いには見向きもしなかった。ところが男に飢えていなかったのは母娘とも自分たちの飼馬と契《ちぎ》り合っていたからだった」

「飼馬とですか」

「うむ。じつは娘に惚《ほ》れ抜いていた男が、ある夜、夜どおし母娘の厩《うまや》に張り込んでいるうちに、事実を見たのだ。まず、宵の口に娘が厩へやってきて、馬の鼻先で、ぱらりと着物を脱いだ。すると馬はぶはぶはぶはと鼻を鳴らし、鼻穴を大きくひろげ、蹄《ひづめ》で土間を蹴《け》った。娘は『よしよし』とやさしく言い、馬の性器を撫でたり、口に咥《くわ》えたりし、それから汗を流して契り合った。娘が去ってしばらくすると、こんどは母親が厩へしのび込んできて『娘にしたように、わたしにもしておくれ』と……」

「ほんとですか」

「この覗き男は山田三右衛門という遠野の富農の跡取り、『三右衛門心留帳』なる日録を書き残している。この『心留帳』の元治元年二月三日の項にこのときの覗きの顚《てん》末《まつ》が記録してある。……で、間もなく、母娘の飼馬は痩《や》せおとろえて死んでしまったそうだ。

さて。わたしがあの海辺の村の小学校に奉職することになった理由だが、それからはじめると長くなるし、また、今日のはなしともたいした関係もないので省くことにしよう。

ある冬の終り、わたしはそれまで住んでいた釜石市から行李《こうり》をひとつ担《かつ》いで信光寺へやってきた。釜石から信光寺までは、村の万屋《よろずや》の依頼で日用雑貨を運ぶ源太郎の馬《うま》橇《ぞり》に乗せてもらった。

三月なかばにしては珍しい大雪で、藁靴《わらぐつ》をはいたシロの足がひと足ごとに膝《ひざ》のあたりまでずぶずぶとぬかる。そのたびに馬橇の上で手綱を握った源太郎は、焼酎《しょうちゅう》の四合

罎《びん》を舐《な》めながら、

『シロ！　がんばるんだぞ。アオエがおまえの帰りをいまかいまかと待っとるんだからな』

　と声をかける。するとシロは鼻から蒸気機関車のような白い、激しい息を吹き出し、雪の原をもの凄《すご》い勢いで漕《こ》いで行くのだ。

『アオエが……』『アオエが……』と声をかけるたびに、渾身《こんしん》の力を四肢にかけて、雪の野ッ原と格闘する馬の様子は、なにかただごとではなく、わたしは源太郎にたずねた。

『おやじさん、アオエというのはいったいなんのことです』

　すると源太郎は、いやらしそうに笑った。

『アオエはおらの娘でね、このシロはアオエに惚れているんだわ。だからアオエと聞くと妙に張り切ってしまうんだね』

　くだらぬことを言うやつだなとそのときは思った。だが、馬橇が村落へ入り、やがて信光寺の前に停《とま》ったとき、源太郎の言葉を裏書するようなことが起ったのだよ。最初に言ったように信光寺の隣りが源太郎の家だったのだが、馬橇が停ったとたん、

『四郎、お帰り！』

という弾んだ声がして、家の中から転がるようにひとりの娘がとび出してきた。柄の大きい、なかなか器量のいい娘で、もちろん、これが青江だった。

青江はシロの頸《くび》を抱いてたてがみに頰をすり寄せていたが、やがて互いに『クビガミ』を始めた。

『クビガミ』というのは、ほら、仲のよい馬が二匹、互いに正反対の方を向いて寄り添い、たてがみ・首・背中などを舐め合う動作のことさ。シロは青江の髪の毛や顔や首筋を舐めた。青江は手で背中を静かに撫でながら、シロの首に何度も何度もくちづけをした。

『いい加減にしろ』

とうとう源太郎が怒鳴った。

『シロの野郎も野郎だが、青江、おめえもすこしは人目を憚《はば》かったらどうなんだ。嫁のもらい手がなくなっちまうぞ』

『嫁になんか行かないもん』

相変らずシロの首を撫でながら青江が言った。

『嫁に行ったら四郎が可哀相《かわいそう》だもの』

シロが源太郎の方を向いて歯を剝《む》き出し、ヒヒヒーンと嘶《いなな》いた。なんだか源太郎を笑いものにして笑っているようだった。

『この畜生野郎め』

焼酎に酔っていたせいもあったろう、源太郎がいきなり手綱でシロの尻《しり》を撲《なぐ》った。

『畜生の分際で、おれの娘に色目なんぞ使いやがって、薄ッ気味が悪いったらねえ』

しかし、シロは一向に怯《おび》える風もなく、首を廻して、底意のある冷い眼で源太郎の様子を凝《じっ》と見ていた。

『お父ちゃん、よして』

青江が源太郎から手綱を奪い、馬橇に飛び乗った。

『わたしが万屋さんへ荷を届けてくる。お父ちゃんは家でゆっくり飲み直しなさいよ』

青江は手綱を振ってシロをうながした。シロは首をぴんと伸ばし、肢《あし》を高くあげ、軽々と走りだした。首の鈴がしゃんしゃんと鳴り響き、やがて、その音は冬の黄昏《たそがれ》の中へ吸い込まれて行った。

その日の雪は三日間、降り続いた。

三日目の夕方、わたしはさすがに呆《あき》れて、書院の窓を開け、あとからあとからと際限もなく降ってくる雪を眺めていた。

とそのとき、遠くから鈴の音が聞えてきた。降る雪が馬鈴の金属的な響きを吸いとってしまうのか、しっとりとした柔かな音だった。眼の前の源太郎の家の戸が開いて、藁の雪靴をはいた青江が飛び出した。

『四郎、お帰り！』

青江はまたシロとクビガミをすることだろう、そして源太郎に、嫁のもらい手がなくなるぞと叱《しか》られることだろう、そんなことを思いながら窓を閉めようとしたとき、青江が叫んだ。

『四郎、父ちゃんはどうしたの』

青江の叫び声を聞いて近くの人たちの外へ出てくる気配がした。わたしもなにか気にかかるものがあって外へ出た。

『四郎、父ちゃんはいったいどうしたの。四郎、教えて』

青江がべそをかきながらシロの首を揺さぶっていた。その青江の首筋をシロが舌で舐めている。青江の首筋を愛撫《あいぶ》するシロの眼には三日前の夕刻のあのいやな光はなく、落ち着いたやさしい光があった。

馬橇の上には源太郎の愛用していた兎《うさぎ》の毛皮つきの飛行帽がひとつ、ポツンと載っていた。

村の消防団を中心に組織された捜索隊は、その夜、牧岬の突端の磯辺《いそべ》に凍死体となって浮いていた源太郎を発見した。

捜索隊の指図をしたのは、村長でもある、信光寺の住職だった。その夜おそく牧岬から戻った住職にわたしは訊《き》いた。

『死因はなんでしたか』

『酔って馬橇から転がり落ちたんだろうねえ』

『なぜ、そうとわかります』

『源太郎はいつも朝から酒びたりだ。こんどのようなことが起らなければいいと、じつは前々から心配する声もあったのだよ。源太郎は右手にしっかりと焼酎壜を摑《つか》んで浮いておったのだが、これがなによりよい証拠だし、村の衆もみな〝源さんも好きな酒で命をなくしたのだから考えてみれば仕合せものだったかもしれない〟といっておる……』

『しかし、村長さん、こういう可能性は考えられませんか。あのシロという馬が、故意に方向を転換させ、源さんを馬橇から落す。源さんは酔っているのですから、その場に太平楽で寝入ってしまうでしょう。もちろん、その結果は凍死です。こんどの場合は源さんが牧岬の斜面を磯へ転げ落ちたから尚《なお》、効果的でしたが……』

村長は濃い眉《まゆ》を寄せて考え込んだ。そして坊主頭《ぼうずあたま》を右手でくるくると何回も撫ぜた。

『村長さん、馬橇の跡はどんな具合になっていました？』

『夜だからそこまではわからん。それにこの雪だ、馬橇の跡なぞすぐに新雪に埋まってしまうさ』

『シロのやつ、完全犯罪を企《たくら》んだな』

『し、しかし、犬伏先生、シロがなぜそんなことを企むのですかな』

『シロは青江という娘に惚れているのです。だが、そのことを一昨日、源さんにひどく叱られた。その恨みです。それから、源さんがいなくなれば晴れて青江と恋を囁《ささや》くことが出来る。一挙両得……』

村長は大声で笑い出した。

『どうも先生は真面目《まじめ》な顔で冗談をおっしゃるんだからかないませんな』

『冗談なんかじゃありませんよ、村長、わたしはあのシロが源さんのことを殺気のこもった眼でじいーっと睨《にら》んでいるのを見たのですから』

村長の笑い声はますます大きくなった。

『犬伏先生、相手は馬ですぞ。いくら馬が利口だといっても、そこまで考えつくものですか』

こうして源太郎の死は自業自得《じごうじとく》の酔っぱらいによる凍死として片付けられてしまったのさ」

磯辺の岩に腰を下ろし、足を海水に漬けて老人の話に耳を傾けていたぼくは、海の水位が、いつの間にか踝《くるぶし》のところから脛《すね》の中ほどまであがってきているのに気付き、あわてて岸に近い岩へ移った。そろそろ潮が満ちはじめてきたらしかった。

「やがて源太郎のあとを継いで、青江が馬車を曳《ひ》いて歩くようになった。シロは青江には従順だったし、青江もシロを可愛《かわい》がっていた。運送の仕事も途切れずにあった。このあたりが青江とシロの最も仕合せな時期だったのではないかな」

老人はここで調子を変えるように、岩角を煙管《きせる》でポンと叩《たた》いた。

「五月になって、牧岬に牡《おす》の種馬を一頭送り込むことになった。その一頭をどこの家の飼い馬にするかという寄合いが信光寺で開かれ、相談の末くじ引きで決めることになった。

種馬供出のくじをひいたのは青江だった。これは南部領時代からの村の掟《おきて》だから拒否はできない。青江はなくなくシロを牧岬に放った……」

「シロの方がよく承知しましたね。青江は人間だから聞きわけというものがあるだろうけど、相手が馬となると説得のしようがなくなると思うな」

「じつはそのことでちょっとした騒動が起った。どうやって乗り越えるのか、シロが柵《さく》を越えて逃げ帰ってくる。逃げて帰ってきたところを摑まえてまた牧岬へ追い込む。だが、あくる朝になると、シロはやっぱり青江の家の前で草を喰っている。そこで村長は、シロを通いにすることにした。朝、青江がシロを牧岬へ連れて行き、種付を終えたら青江が曳いて帰る。そういうことになった」

「シロが使えなくなったのだから青江は馬車曳き仕事も出来なくなったわけでしょう」

「そうさ」

「じゃ何で収入を得ていたのです」

「シロは村で買い上げる、という形になってかなりのお金が青江に渡されていた。また、シロに付添って牧岬で一日過すのだからというので、僅《わず》かばかりの日当も役場から出ていたようだよ。さしあたって生活の心配はなかった。

ところが、青江が付添っていると、シロは牝馬とまったく交尾をしないのだよ。青江がいなければ逃げ帰る。いれば交尾をしない。これでは何のための種馬かわからない。しかも交尾には時期がある。交尾期を逸すれば秋に仔馬がとれぬ。村長たちもようやく焦《あせ》りはじめたようだった。

そんなある夜のこと、村長がわたしの部屋へ入ってきた。

『犬伏先生……』

村長は坐《すわ》るといきなり用件を切り出した。

『独身ではなにかとご不便でしょう。奥さんを貰《もら》うおつもりはありませんかな？』

『いまのところはありません』

村長ががっくりと肩を下ろした。

『じつは隣りの青江はどうかと思ったのですがな』

『青江を？』

『はあ。あの娘は器量よしですし……』

そう言われればたしかに青江は美人だった。顔の道具立てが大きくて日本人ばなれしていた。あんたもこのあたりの浜で、時々、おやと思うような、肌の白い、大きな黒眸《くろめ》の娘たちに逢《あ》うことがあるはずだが、そういう娘にはロシア人の血が混っていると思っていい。つまり彼女たちは漂流したロシア人たちがこっそり住みついて日本女性との間に生《な》した『白子《しらこ》』たちの子孫なのさ。青江にもきっとそういった白子の血が

『それに青江はいい軀《からだ》をしておりますぞ。おまけにたいした働き者です。いい主婦になると思いますがなあ。いかがでしょう』

青江と聞いてわたしも考え込んだ。すこし粗野なところがあるけれども、及第点はとれる娘だ。いい女房になるかもしれない。わたしはそのとき四十に近かった。このときを逃がせば結婚はもうできまい。それでわたしは村長に言った。

『ちょっと考えさせてください』

村長は吻《ほっ》としたように坊主頭をひと撫でした。

それから数日たったある日のこと、たしか土曜の午後だったと思うが、とにかく五月とはとても思えぬほど暑い日だった。わたしは散歩の足をのばして、この牧岬へやって来た。馬たちがあちこちで背返りをしていた。背返りというのは、背中の痒《かゆ》いところを地面にこすりつけて掻《か》くことだ。痒さの原因であるダニもそのときに一緒にとれるから馬はよくこの動作をする。

草の上に腰を下し、馬たちのその滑稽《こっけい》な動作を眺めていると、磯のほうから、つまりここからだが、青江の楽しそうに笑う声がした。

それはただの笑い声ではない。なんといえばいいのか、好きな男と性的なふざけ合いをしているときの女の嬌声《きょうせい》だった。

わたしは草の原を下りて磯へ近づいた。磯辺では青江が全裸になって海水浴をしていた。そしてシロが青江の全裸の、白い肌を傍からやさしく丁寧に舐《な》めまわしている。

シロは舐めているうちに昂奮《こうふん》してきたらしく、顔を高くあげ、歯を剝き、鼻の穴を大きく開いている。そして放尿する。あとで聞いたところによると牡馬が牝馬《めすうま》と性交に入る前は、きっとこの『顔を高くあげ、歯を剝き、鼻の穴を大きく開く』仕草と『放尿』を交互に繰返すそうだ。

初夏の汀《みぎわ》で人と馬とがたわむれ合い睦《むつ》み合ってる。その光景を、わたしはいまでもはっきりと思い出すことができるのだがね、不思議なことにちっともいやらしいという感じがしないのだ。それどころかごく当然のような気さえした。

わたしは彼等《かれら》の妨げにならないようにこっそりその場を去った。

その夜、わたしは村長に言った。

『青江の件ですが、お断わりした方がいいでしょう』

『な、なぜです。わたしはお似合いだと思いますよ。そりゃたしかに年齢は離れておるかも知れませんがね。青江のどこが気に入らんとおっしゃるのです』

『青江なら結婚してもよいといまでも思っています。だけど青江には別に好きな男がいますよ。とうていまとまりますまい』

『青江に好きな男……？』

『正確に言えば好きな牡です』

『……』

『シロと青江は相思相愛なのですよ』

村長は怒ったような顔になって、

『犬伏先生もずいぶん手の込んだ断わり方をなさる』

と言い捨て、畳を蹴《け》って出て行った。

間もなく、輜重馬《しちょうば》買付けに、盛岡から兵隊が三名、村へやってきた。

買付け係の兵隊たちが来村した日の午後おそく、小学校から帰ってくると、境内がいやに騒々しい。境内には何本も杭《くい》が打ちこまれ、その杭にお上お買い上げと決まった馬が十数頭繋《つな》がれ、それぞれひづめで地面を叩いたり、嘶《いなな》いたりしていた。

愕《おどろ》いたことに、そのうちの一頭がシロだった。村長はシロを種馬として使うことを諦《あきら》めたのだなとわたしは思った。ほかの牡馬をシロのかわりに牧岬へ追い込むつもりだろう。

『シロは元はうちの馬だったんです』

いまにも泣き出しそうな青江の声がした。

見ると、本堂の前にあぐらをかいた兵隊に青江が頭をさげている。

『買い戻させてください』

『非国民野郎！』

伍長《ごちよう》の襟章《えりしよう》をつけた男がのっそり立ち上った。

『いまこの境内に繫がれているのはお買い上げと決った馬だ。すなわち、気を付けえ、天皇陛下のお馬である。それを買い戻したいとは何事であるか』

『でも……』

青江は諦めなかった。

『なんとしても買い戻したいのです』

『……貴様ア』

伍長は、左手で青江の顎《あご》をぐいと起し、右手を思い切り背後に引いた。平手打を喰わせるつもりなのだろう。相手が兵隊ではとめに入るわけにも行かない。ずいぶん痛いことだろうと目をつむった。だが、伍長の掌の青江の頰を打つ音は一向に聞えなかった。

どうしたのだろうか。おそるおそる目を開くと、伍長は青江の顔をにやにや笑いで眺め、

『……美人だのう』

と猫なで声。

『おまえの器量に免じて考え直してやってもいいぞ』

『じゃあ、シロを買い戻させてやるとおっしゃるんですか』

『まあな』

『……ありがとう』

『ただし、条件があるぞ。おれは寺の離れに泊ることになっておる。そこへ酒の酌に来い。お酌の仕方によっては、おまえの言うことを聞かないでもないが、どうする』

青江は境内の杭に繋がれてさかんに地面を蹴っていたシロのほうを見た。そして、顔を伍長に戻して、大きく頷いた……」

急に涼しい風がたちはじめた。陽が西の山の稜線《りょうせん》の向うに落ちたのだった。潮足はいっそう速くなって、老人とぼくは、また岸近くへ場所を変えなくてはならなかった。

「それからどうなったんです」

とぼくが訊《き》いた。

「あとはお定《さだ》まりのコースさ」

老人が答えた。

「伍長はむろん青江の頼みなど聞いてやるつもりはないのだ。あれこれと青江の気を惹《ひ》きながら酒の酌をさせ、隙《すき》を見て青江を押し倒すつもりだったのさね」

「じゃあ、やっぱり青江は伍長に」

「まあまあ、そう焦ってはいけないよ」

老人は煙草《たばこ》入れを持った手でぼくを制した。それからゆっくりと一服つけて、

「さて……」

とまた煙管《きせる》で岩角を叩いた。

「その夜、わたしが部屋で本を読んでいると、八時ごろだったろうか、寺の離れから、

『いやーっ！』

と叫ぶ青江の声がした。

『助けて、四郎！　四郎、早く来て！』

わたしは腰を浮かし、全身を耳にして、離れの気配を窺《うかが》った。とそのとき、わたし

の部屋の前を白い蝶のようなものが通り過ぎて行った。暗くてしかとはわからないがたしかに白いものが……。それはシロの白い斑紋だった。どうやって杭を離れたのか今だによくわからないが、とにかく自由になったシロがわたしの目の前を通っていったのだよ。

やがて、離れの方角から、戸板や障子がなにかで蹴破られる音がし、続いて、ぎゃーっという伍長の血も凍るかと思うような叫び声。

そして、あたりはいっぺんに鎮まりかえってしまった。こわごわ、窓から首を出して、離れのほうの闇をすかし見ると、ぱっかぱっかぱっか、落ち着いたシロのひづめの音が近づいて来て、わたしの部屋の前を通り過ぎて行った。シロは帯を咥《くわ》えて青江を釣り下げていた。

間もなく、離れにかけこんだ村長は、そこで、伍長が額を割られ血だまりの中で絶命しているのを発見した。

あくる朝早く、他の二名の兵隊たちの指揮で、シロと青江探しが始まった。シロと青江はすぐに見つかった。シロと青江はあそこのあたりにいた……」

老人は、左手の断崖《だんがい》の上あたりを指さした。

「ピストルを構えた兵隊を先頭に、鍬《くわ》や鋤《すき》や丸太ン棒を持ったわたしたちが近づくと、シロはさすがに怯《おび》えたような動作をし、草の上に横になっていた青江のまわりをぐるぐると廻っている。

青い草がどす黒く汚れていた。朝露のさわやかな匂《にお》いに混って血腥《ちなまぐさ》い匂いがした。はっと思って見ると、青江は下半身が裸で、白い肌が朱に染っていた。青江は身じろぎひとつしない。

兵隊たちがシロの白い額にピストルの狙《ねら》いをつけた。と、そのとき、シロの動きが一瞬停止した。そして次の瞬間、シロは前の夜のように青江の帯を咥え、速歩《トロット》で七、八歩走り、まるで空かける天馬のように、断崖の上から宙へ身を躍らせた」

老人はまた左手の断崖へ眼をやった。その断崖は三十米《メートル》ほどの高さがあった。断崖の下では、波が荒々しく砕けている。

「……青江の下半身が血だらけだったというのは……」

しばらくしてからぼくが言った。

「つまり、シロが青江に、人間の男性と同じような振舞いをしたということなのでしょうか」

「くわしいことは誰にもわかるまい」

犬伏老人が立ち上がった。

「ただわたしは、そういうことがたしかにあったのだ、と信じている」

空にも海にも草にも、夕暮れどきの蒼《あお》さが濃くなっていた。ぼくたちは冷し馬場から急な斜面を登って、シロが青江と身を投げたという断崖の上に立った。そこには一面に馬ごやしが生えていた。ぼくはその馬ごやしを一掴《ひとつか》み毟《むし》って断崖の下へ投げた。

狐つきおよね

「さて今日はどんな話をすればいいのかな」

岩屋の火のない囲炉裏の前に胡座《あぐら》をかいて煙管《きせる》を咥《くわ》えていた犬伏老人が、入ってきたぼくの顔を見ながら、囲炉裏の縁でぽんぽんと煙管を叩《たた》いた。

「なんの話でもいいですよ」

ぼくは囲炉裏をはさんで老人と向い合って坐《すわ》った。

外は真夏の真昼の陽光がかっと照りつけまるで地獄の釜《かま》で炒《い》られているような暑さだったが、老人の岩屋はひんやりしていた。軀中《からだじゅう》の汗がそのひんやりした空気に触れて冷え身熱を奪って行くのだろうか、とても涼しい。

遠くで竹の節の弾《はじ》けるような音がしていた。

「ほう、昼花火が揚っているようだな」

老人は岩壁にくっつけて置いた蠅帳《はえちょう》の中から一皿の枝豆を取り出し、囲炉裏の縁の上に置いた。そのひと皿の枝豆が老人の昼食らしかった。

「どこで揚げているのだろう。定内川《さだない》かね」

定内川というのは療養所と釜石市の間を流れて太平洋に注ぐ、小さいが流れの速い川である。

「そうです、定内川の川原から打ち揚げているんです。今夜は花火大会があるらしいですよ。療養所に来る途中の電柱に、花火大会のビラが貼《は》ってありました。昼花火を打ち揚げて、今夜の大会の前景気をつけているんじゃないかな」

「……花火大会か」

老人は急に手をとめて、口に運んでいた枝豆の莢《さや》を宙に浮ばせた。老人の眼も宙に浮び、どこか遠いところを眺めていた。

「花火大会か」

老人はまた呟《つぶや》いた。なんの気合いもこもらない単調な声音だった。

「花火大会がどうかしたんですか」

「うむ」

老人の視線が宙からぼくの顔の上に舞いおりた。

「花火という言葉を聞くと思い出すことがあるのだよ。およねという女のことだが」

言って老人はひとしきりせわしく口の中に豆を弾《はじ》き込んだ。六十歳をだいぶ越えているはずなのに、老人は馬のような丈夫な歯をしていた。その歯の隙間《すきま》に浅緑色の豆の滓《かす》がこびりついている。老人は麦茶で口をすすぎ歯の滓をとった。ついでにぼくにも麦茶を注いでくれる。

「そのおよねという人は何者なんですか」

麦茶を啜《すす》りながら訊《き》くと老人は微《かす》かに頰笑んだ。

「わたしの女房だったんだよ、およねは……」

「どんな人でした」

「やさしい、働き者のいい女だったな。完璧《かんぺき》な女だったよ」

ここで老人はひとつ大きな溜息《ためいき》をつき、それから声を低くしてこうつけ加えた。

「ただしただ一点は除いてはだが」

「なんですか、その一点というのは」

「およねは狐《きつね》つきだった」

ぼくは眼をまるくした。

「狐つき?」

老人は頷《うなず》いて、

「わたしたちの若かったころは遠野からこのあたりにかけては狐が多くてね。たしか柳田国男の『遠野物語』にも狐のことがふたつみっつ書きとめてあったはずだ。たとえば……」

老人はかなり『遠野物語』を読み込んでいるらしく、岩屋の天井に眼をやりながらこう暗誦《あんしょう》した。

「たとえば『遠野物語』の六十にはこんなことが書いてあったはずだ。『和野村の嘉兵衛爺、雉子《きじ》小屋に入りて雉子を待ちしに、狐しばしば出《い》でて雉子を追ふ。あまり憎ければこれを撃たんと思ひ狙《ねら》ひたるに、狐はこちらを向きて何ともなげなる顔してあり。さて引き金を引きたれども火移らず、胸騒ぎして銃を検せしに、筒口より手元の処《ところ》までいつの間にかことごとく土をつめてありたり』、それから、百一には『旅人豊《とよ》間根《まね》村を過ぎ、夜更《よふ》け疲れたれば、知音《ちいん》の者の家に燈火《とうか》の見ゆるを幸ひに、入りて休息せんとせしに、よき時に来合はせたり、今夕死人あり、留守の者なくていかにせんかと思ひし所なり、しばらくの間頼むといひて主人は人をよびに行きたり。迷惑千万なる話なれどぜひもなく、囲炉裏の側にて煙草《たばこ》を吸ひてありしに、死人は老女にて奥の方に寝させたるが、ふと見れば床の上にむくむくと起き直る。胆《きも》つぶれたれど心を鎮め静かにあたりを見廻すに、流し元の水口の穴より狐のごとき物あり、面《つら》をさし入れてしきりに死人の方を見つめてゐたり。さてこそと身を潜めひそかに家の外に出で、背戸の方に廻りて見れば、まさしく狐にて首を流し元の穴に入れ後足を爪立《つまた》ててゐたり。ありあはせたる棒をもてこれを打ち殺したり』という話も載っている。ほんとうにわたしたちの若い頃までは狐が多かったのだ。だから狐つきなど、どこの村にもひとりやふたりぐらいはきっといたものさ」

また遠くで昼花火の音がした。

「およねもそのひとりだった。もっと正確にいえば、あの女は狐つき以上だった」

「狐つき以上というと……？」

訊いたが老人はそれには答えず、うっとりとした表情で、

「およねにはじめて逢《あ》ったのが、花火大会の夜でねえ」

と呟いた。

「あまり持たせっぷりをしないでくださいよ」

ぼくは話の先をせっついた。

「そのおよねさんの話を聞かせてください」

老人は頷くかわりにぱちんと強く豆を口の中に弾き込み、

「よしよし」

と言った。

「旧盆の近くにおよねのことが話題にのぼったのもなにかの因縁だろう」

老人は麦茶を含み、ごぶごぶごぶと音をさせながら口をすすいだ。

「わたしが釜石市の南隣りの村で小学校の教員をしていたことは前にも話したことがあるね。あのあと、わたしは教員を辞めて、釜石市で一番大きな呉服店の外商員になった。外商員というと聞こえはよいが、なに、ていのいい行商のことさ」

老人は背中をまるめて重いものを背負って歩く身振りをしてみせた。

「呉服屋に住み込んで、お得意さんに註文の品物を届ける、それから、月に数回、反物を詰めこんだ行李《こうり》を背負って釜石周辺の在郷を泊りがけで売り歩く、このふたつが仕事だった。わたしはこの泊りがけの行商旅行が好きだった。主人の鼻息を窺《うかが》う必要もなし、朋輩《ほうばい》連とむりに話を合わせることもなし、話し相手はいわば空と雲と道、日中は一所懸命に商売に精を出して実績をあげ、夜は山間《やまあい》の村の粗末な木賃宿に泊る。だれに遠慮することもない、いってみれば天下に自分がひとりの自由な小旅行、わたしは在郷歩きの嫌いな朋輩たちの分まで引き受けて行商旅行に出かけたものだ。夢中になって仕事をすればすべてはうまく行く。ほら、好きこそものの上手なれというやつさ。一年もすると、あっちの村に地主が三、四軒、こっちの村に素封家が四、五軒、というようにわたしを贔屓《ひいき》にしてくれるところが出てくる。わたしも、そういう贔屓に狙いをつけて運んで行く品物を選ぶようになった。

『旦那《だんな》さまに恰好《かっこう》の大島が入りましたので持ってまいりました』

『この御召ちりめんは奥様におよろしいかと思いまして行李に入れてまいったんでございますが』

『坊っちゃんに岡山井原産の最上等の霜降り学生服を持ってまいりましたが、いかがでしょうか』

『お嬢様に適《あ》いそうな柄を探してまいりました』

『こちらの女中さん方に銘仙はいかがでしょう。多少日に灼《や》けておりますが、その分値引きをさせていただきますよ』

狙いをつければこれがまたよく売れるのだ。在郷へ行けば『あの犬伏という外商員はうちのことをなかなかよく心に留めていてくれる』と評判がいい。空になった行李を肩に呉服店に帰れば『よくやった』と主人が特別に歩合いを増額してくれる。すべてがとんとんと運んで、間もなくわたしはその呉服店の外商員の中の稼《かせ》ぎ頭《がしら》になってしまっていた。およねに出逢ったのはその頃のことだった」

老人はここで煙管の火皿に煙草の刻み葉を詰めた。

間もなく岩屋の中に蓬《よもぎ》の匂《にお》いがただよいはじめた。老人は市販の刻み煙草に蓬の刻んだのを混ぜて喫《す》っているのである。煙草代の節約になる上に、特別の味がするのだそうだ。

「釜石市の南に唐丹《とうに》という小さな湾があるが、知っているかな」

ぼくは頷いた。夏、松林にかこまれた波の穏やかなその湾で泳ぐのがぼくたちの慣いになっていた。唐丹という変った地名は、むかしこの湾が南部藩の密貿易港だったところから来ているのだ、と聞いたことがあった。別の郷土史家は、密貿易港などではない。唐の丹塗《あかぬり》の難破船が流れつくことが再三に及んだので、唐丹というのだ、と言っていた。どちらが真実か、それはぼくにはわからなかったが、その浜辺には白子《しらこ》がよく歩いていたので、過去に外国となにかの形で交渉があったことは理解できた。白子というのは、肌の色の白い、西洋人のような深い彫りのある顔立ちをした子どものことである。

「その唐丹湾に注ぐ川を熊野川というのだがね、この熊野川に沿って荒金《あらかね》いう集落がひろがっている。わたしがこの荒金集落へ行李を背負って入って行ったのは、ちょうど今日のように昼花火がぽんぽんあがっていた夏の午後のことだった。それまでのわたしは、釜石北部の大槌《おおづち》町や、西部の遠野近くを主に行商して歩いていたから、この荒金にはあまり馴染《なじみ》がなかった。だから、いったいなんで昼花火が揚っているかわからない。

『花火の揚るような、なにかおめでたいことがあったのでございますか』

ある地主の座敷に行李の中の反物を並べながら、わたしはその家の奥さんに訊いた。

『熊野川に新しい橋が架ったのですよ』

反物を手にとって眺めていた奥さんが教えてくれた。

『一昨年《おととし》の秋の出水《でみず》で流されたままだったのが、ようやく一年十カ月ぶりに新しく架け直されたんです。これまで対岸《むこう》へ行くのがずいぶん厄介でしたが、これでその厄介がなくなりましたよ』

奥さんは手にした反物で庭先を示した。振り返ってみると、庭の立木の緑の間から、熊野川の青い流れが見えた。その流れの上に、長い木造の橋が架っていた。

『今夜は下の川原で記念の花火大会があるそうですよ。もしよかったらうちへ見にいらっしゃい。この座敷は特等席ですよ』

荒金集落の戸数は約百余戸、そう大きな集落ではない。おそらく花火大会を開催するなどははじめてのことなのだろう。五十を越えたその地主の奥さんも、浮き浮きと落ち着かぬ様子だった。

『ねえ、ぜひ見物にいらっしゃい』

わたしは丁寧に辞退した。これは行商人としての勘さ。行商人に親切にしておき、それを恩に着せて『値段のことだけど、すこしなんとかならないかしら』などと言い出す手合いが多いのだ。

その奥さんに半襟《はんえり》を二、三枚売って、そのほか五、六軒廻っているうちに日が西山にかかってきた。

(やはり南の方角はおれには向かない。その証拠に反物が一本も売れないじゃないか)

ぶつぶつ言いながら川っぷちの木賃宿の煤《すす》けた八畳間に行李をおろし、夕飯を掻《か》き込んでいると、
ずしーん！

と腹の底に応《こた》えるような大きな音がして、目の前の川原から花火が揚りはじめた。

つづいて辺りが真昼のように明るくなる。

わたしは涼みがてら外に出て、橋の上を歩きはじめた。橋の上はたいへんな混雑ぶりだった。

むろん草深い田舎の花火大会だ。揚るのはせいぜい五寸玉、尺玉なんぞ一発か二発あるかどうかというところ。打ち方にしても単発打ばかりで、一斉連射はおろか早打ちもなければ及《お》い打ちもない。夜空を彩る花火の模様にしても、色星《いろぼし》や型物《かたもの》は一発も

なし、揚るのは単色の満星ばかりさ。単色の満星というのは、ほら、同じ色の火芒がただ四方八方へ飛び散るだけという、よくいえば素朴、はっきりいえば退屈なやつだよ。もっとも花火大会の後半になってから色星が三発、型物が同じく三発ほど揚ったようだったが。

わたしは花火を眺めるのが半分、花火を見物に来ている娘たちを見るのが半分で橋を渡り、木賃宿のある岸とは反対側の土手の上を歩きはじめた。こう言ってはなんだが、碌《ろく》な娘はいなかった。

(花火もたいしたことはないが、荒金《ここ》の娘もたいしたことがないらしい。宿に帰って酒でも飲んでいた方がいいかもしれない)

足を再び橋の方へ向けたとき、すぐ傍で、

『あっ、きれい……』

と嘆声を放った若い娘がいた。そのとき空に揚ったのはその夜はじめての色星で、いわゆる『隠現星』、赤い小星が燃えながら散って消えたあと、後に緑の小星が現われる、という仕掛の花火だった。赤い小星と緑の小星、どうして燃える時機が違うのかというと、これは『暗導火』という火薬を用いるせいだ。この暗導火は火気を現わさずに燃える。つまり緑の小星の表面にこの火薬を塗っておくと、赤い小星と緑の小星が同時に燃えているのだが、はた目には赤い小星だけが燃えているように見えるのだね。

わたしが花火に詳しいのは花火工場で働いていたことがあるからなのだよ、いずれそのうち花火工場で働いていたときのことを話す機会もあるかもしれないが、それはとにかく、わたしはその隠現星の光を照明がわりに声のした方を見た。するとわたしの横二米《メートル》ぐらいのところで、娘がひとり無心に空を見上げている。面長で瞳《め》の大きな女だった。

思わず見とれているうちに空の緑の小星が消えて辺りは真暗になった。闇《やみ》の中に娘の顔がぼうと白く浮びあがる。肌の色もずいぶんと白い。

とそのうちにもう一発、打ち揚げ花火があがった。こんどのは型物で、青と赤との星の輪が並んではじけ、そのふたつの輪がつながって蛇の目になるというかなりの仕掛がほどこしてあった。それがその夜の花火大会の真打らしい。川原のあちこちからどよめきの声が上り、娘も、

『まあ……』

と大きく息を呑《の》んだようだった。

(妻にするならこの娘だ)

娘の横顔を窺《うかが》いながら、わたしは咄嗟《とっさ》にそう決心した。

（どこに住んでいるのか、名前はなんというのか、なんとかしてきき出したいものだ）

そこで、空の蛇の目の光の輪が消えたときを見計らって、わたしは娘のそばへ二歩三歩近づきながら声をかけた。

『ほんとうに綺麗《きれい》な花火ですねえ、お嬢さん』

だが返事はなかった。

こんな愚にもつかぬ問いかけに乗ってくるような女では、きっと蓮っ葉《はすっぱ》娘にきまっている。われながら拙《まず》い近づき方だと思った。

『怪しいものじゃありませんよ。釜石の丹六呉服店の店の者で……』

丹六呉服店といえば近隣に聞えた大店《おおだな》である。店の名を言えば安心して話し相手になってくれるだろうとわたしは踏んだのだ。

だが、やはり返事はなかった。

はてな、と思いながら娘の立っているあたりを見ると、そこにはべったりと黒い闇があるだけで娘の姿はもうなかった。

たった二言《ふたこと》、わたしが短い言葉を発する間にどこへ消えてしまったというのだろう。

また、花火が揚った。また単色満星の単純素朴なやつである。川原が昼のように明るくなった。わたしはその花火の光を照明がわりに、大いそぎで前後左右を見廻したが、土手の人々も川原の見物客も夜空を見上げているだけで、だれひとりとして動いている人はいなかったのだ。

「不思議ですねえ」

とぼくは老人に言った。

「その娘がその場から立ち去ったのなら、その後姿は、おじいさんに見えたはずです。周囲の人が身動きもせず花火を見上げていたとするならば、ひとり立ち去るその娘の姿は余計目立ったはずですがね」

「それが見えなかったのさ」

老人はここでにやりと笑みを洩《も》らした。

「でもわたしはがっかりはしなかった。なにしろその娘は下駄《げた》ばきの浴衣《ゆかた》姿だった。つまり荒金集落に住んでいるにきまっている。しかもこっちの商売は呉服の行商、どこの家にでも入りこめる。荒金集落の家を一軒一軒虱《しらみ》つぶしに当って行けばきっといつかは巡りあえるはずだからね」

「それで、巡りあえましたか」

「あえたさ」

老人は囲炉裏の縁でぽんと勢いよく煙管《きせる》を叩《たた》いた。

「その女は荒金集落の外れにある大きな屋敷のひとり娘だった。彼女の父親は若いころ猟師をしていたらしいが、山歩きをしている間に小さな金山を見つけ、それを鉱山会社に売って財を築いたという噂《うわさ》で、城のような構えの屋敷だった。裏庭はそのまま山に続いている。庭と山との境に祠《ほこら》があったな。お稲荷《いなり》さんの祠だったがね」

「それでどうしました」

「毎週のように荒金集落通いさ。呉服屋の主人や朋輩《ほうばい》たちが『あの男はどうしてこのごろ荒金集落へああ毎週出かけて行くのだろう。荒金は小さな集落だし、それだけ購買能力のないのはわかっているはずなのに』と陰口を言っていたが、わたしは気にも留めなかった。ただただ娘に逢《あ》うのが楽しみでせっせと通った」

老人は薬罐《やかん》から湯呑《ゆのみ》に麦茶を注いだ。茶が湯呑から溢《あふ》れて膝《ひざ》を濡《ぬ》らしたが、老人はそれにも気がつかない。どうやら老人は追憶にとっぷりと漬っているようだった。

花火大会からひと月ほど経《た》った初秋のある午後のこと、荒金屋敷の縁側へ顔を出し、屋敷の主《あるじ》、つまり娘にとっては父親だが、主の前にいつものように反物を並べはじめると、彼が不意にこう切り出した。

『呉服屋さん、あんた、ひょっとしたら、うちのおよねが好きなのではないかね』

いきなり心の奥の奥を言いあてられてわたしはぎくりとなり、思わず反物を展《ひろ》げる手が停まった。

『やはり娘を好きなようだな』

主は深い溜息《ためいき》をついた。

『好きです』

心の奥の奥を言いあてられた以上、もう隠してもはじまらない。わたしは正直に白状した。

『お嬢さんのことを考えると気が狂いそうになります。それほどお嬢さんが好きなのです。お願いします、お嬢さんと結婚させてください』

『いけません』

主は諭すような口調で言った。

『悪いことはいわぬ、諦《あきら》めなさい』

『じゃ、もうお嬢さんには許婚《いいなずけ》でもいらっしゃるんでしょうか』

『そんなものはおらんが』

『すると、わたしでは身分が釣り合わないとでも』

『いや、そんなことは爪《つめ》の垢《あか》ほども思ってはおりませんよ。あなたは仕事熱心なひとだ。計数にも明るいらしい。出来ればうちの婿《むこ》に迎えたいと考えているほどです』

『では、どうして駄目なのです？　理由を聞かせてください』

詰め寄られて主は一瞬ためらったようだったが、やがて妙に淋《さび》しそうな表情になって、

『およねには狐《きつね》がついているのです』

狐つきというのは知ってのとおり、狐が乗り移っているためにかかると謂《い》われる一種の精神異常だ。精神病理学者たちは祈禱《きとう》性精神病といっているようだが、それはとにかくわたしは愕《おどろ》いてしばらくは口をきくことも出来なかった。

『あの娘《こ》のことは、だからお諦めなさい』

『し、しかし、わたしは何度もお嬢さんにお目にかかっていますが、ちっともおかしいところはないじゃありませんか。しとやかで、しかも明るくて、非の打ちどころのない娘さんです』

『いいや、およねは狐つきなのです』

主の声は冷静そのもので醒《さ》めていた。

『わたしは父親だ。それにあの娘の母親は早くに死んだから、母親をも兼ねている。そのわたしが言うのだから信じなさい』

『信じられません』

わたしは主の膝にすがりつくようにして叫んだ。

『たとえ、もし、旦那《だんな》様の言われていることが本当だとしても、わたしは諦めません。わたしの真心で、あの娘《ひと》の心に棲《す》みついているその狐とやらを追い出してみせます』

『とうてい無理ですよ。娘にとりついている狐はなみ大ていのやつではない。それに……』

主の口調がここで急に陰気なものに変った。

『およねは狐つき以上なのだ』

『狐つき以上？ それはどういう意味です』

『とても口で言える事ではない』

主は背中をまるめて小さくなった。彼の背中には眼には見えないが、なにか途方もなく大きく重いものが載っているようだった。初秋の午後の涼風が主の鬢《びん》の白いものを撫《な》でて吹き過ぎていった。わたしはこの初老の主にふと親愛感のようなものを覚えた。男同士の友情のようなものを感じたのだ。

『狐つきだろうと、それ以上であろうと、わたしはお嬢さんが好きです。きっとあの娘を仕合わせにしてみせます。どうか結婚を許してください』

主は眼をあげて、わたしの眼を凝《じっ》と見つめていたが、やがて気弱そうに笑って、

『それなら、およねの正体をあんたの眼でしかとたしかめることですな。今夜はうちへ泊って行きなさい。およねの寝床の隣室へ床をとらせますから、深夜になにが起るか、自分の眼で見届けなさい。いまから予言をしておくが、明日の朝、あんたは這《ほ》う這《ほ》うの態《てい》でこの家を逃げ出して行くにちがいない。そして、二度とここに近づこうとはしないはずです。むろん、そのときわたしはあんたを引きとめようとしたりはしません。ただ、お願いがひとつある。逃げ出すのは勝手だが、どうか今夜、あんたが見聞きするだろうことを他言なさらぬように』

夕食は座敷で主とおよねとわたしの三人でとった。およねはとても快活に振舞っていた。およねのわたしへの心くばりもこまやかで、盃《さかずき》が空になればすぐに銚子《ちょうし》を持って酌をし、かすかに蚊音が起れば団扇《うちわ》で風を起して、蚊を追ってくれたりした。

(こんなに気のつくやさしい娘が、どうして狐つきなどであるはずがあろうか)

わたしはそう確信して、敷いてあった床の上に躰《からだ》を横たえた。そして、そのうちに酒の酔いが出てぐっすりと寝入ってしまった。

……どれくらい眠ってからだろうか、わたしは誰かのすすり泣く声ではっと目を覚した。全身を耳にしてあたりの気配を窺うと、その声はどうやら隣りのおよねの寝所から洩れてくるようだった。

(この夜更《よふ》けになにを泣いているのだろうか)

蚊帳《かや》から抜け出すと、隣りとの境の襖《ふすま》に耳を押しつけた。よく聞くとその声は笑っているようでもあった。それからぴちゃぴちゃぴちゃと猫が水を舐《な》めるときのような音もしている。背筋がぞくっとして、立てた膝ががくがくと震え出した。

(やはり此処《ここ》の旦那が言っていたように、およねさんは狐つきなのかもしれない。その状態になるのは、今のような真夜中、秋の虫さえ寝入ってしまって声も立てぬ真夜中なのだ)

普通ならここで布団《ふとん》をかぶり震えながら夜の白むのを待つところだが、わたしはおよねが好きだった。屋敷の主のいうおよねの正体をどうしても見届けたいと思った。そこで襖をそっと一糎《センチ》ほど開けた。

およねの寝所の蚊帳の中には狐がいた。そいつは人間ほどの背丈のある大狐で、おまけに毛は白かった。そしてやつは、およねの開いた股《また》の間に躰を入れて、腰を前に突き出しては引き、突き出しては引きしている。およねの声はむろん泣き声ではなかった。悦楽をむさぼるよろこびの声だったのである。猫が水を舐めているようなぴちゃぴちゃぴちゃという音については、もう説明する必要はあるまい。

白狐とおよねの動きが急に激しくなり、やがてぴたりと停まった。

白狐はなにか殺した甲高い声でひとことふたことおよねに囁《ささや》くと起きあがり、蚊帳の外に這《は》いだして脱ぎ捨ててあった浴衣を着、でんと大きな胡座《あぐら》をかいた。そして煙草《たばこ》入れから煙管を抜き、火皿に煙草の葉を詰め、燐寸《まっち》を擦ってすっぱすっぱと吸いつける。

(……これはきっと夢だ、悪い夢なんだ)

わたしは何回も手の甲で眼をこすった。だが、煙管を咥《くわ》えた白狐の姿は眼の前から一向に消え失せぬ。そのうちに鼻腔《びこう》にかすかに煙草の匂《にお》いが忍びこんできた。

(匂いまでしているとなると、これは夢ではない。それにしてもなんと面妖《めんよう》なはなしなのだろう)

わたしにはそれ以上、およねの寝所を覗《のぞ》いている勇気はなかった。そこでそっと布団に戻って夜明けまでまんじりともせずに過した。

あくる朝、主の座敷へ行くと、主が小声で訊《き》いた。

『どうだね、見なすっただろう?』

わたしは頷《うなず》いた。

『ならば、これでおよねのことは諦めがつきなすったはずだ』

わたしは首を横に振った。

『そう簡単に諦め切れるものじゃありません』

『そ、そんな、あんた無茶をいうものじゃありませんよ。あの白狐はこの屋敷の裏庭のお稲荷さまの主《ぬし》です。つまり相手はただの狐じゃない、半分神様みたようなものだ。相手にするには向うが強力すぎます。わたしは娘をお稲荷さまの人身御供《ごくう》として捧《ささ》げたつもりでいるのですよ。もっとも娘は、あの夜中の出来事を一切憶《おぼ》えてはいないらしいのだがね』

『なにが神様ですか！』

わたしは腹が立って、拳《こぶし》を主の鼻先に突きつけた。

『神様が浴衣を着て煙管を咥え、やにさがったりするものですか。やつは只《ただ》の古狐ですよ。あんなものは追い払ってみせます。あいつが忍び込んで来ないようになればおよねさんも正気に戻るでしょう』

『し、しかし、どうやって追い払うつもりだね』

『じつは今日の明け方、眠れないでいる間にひとつ手を思いついたのです。あの古狐をこっぴどく懲《こら》しめてやる手をね。もうひと晩、ここへ泊めていただけませんか』

主は長い間考えていたが、やがて首をひとつ縦に振った」

老人は火箸《ひばし》をとって、火のない囲炉裏の灰の上に、なにかひとつ文字を書いた。首をのばしてその文字を読むと、灰の上に大きく「針」と書いてあった。

「……白い古狐の着る浴衣《ゆかた》に針を二十本も三十本もさしておくというのが、わたしの手だったのさ」

老人は囲炉裏の灰の上を火箸でかきならし文字をかき消した。

「一本か二本ぐらいはやつの軀《からだ》のどこかに突きささるにちがいないと考えたわけだ。わたしは主に頼んで浴衣を一枚借り受け、その日は熊野川の川原に出て、丹念に浴衣のあちこちに針を隠した。屋敷の中でそんな準備をして、祠の白狐に気どられてはならないからね。

やがて夜がやってきた。

およねが寝入るのを合図に、わたしは例の浴衣を抱いて縁の下にもぐり込んだ。あの最中に浴衣を取り換えようという作戦さ。これは冒険だったが、ほかに方法を思いつかなかったのだから仕方がない。蚊に攻めたてられて待つうちに虫の音がはたと熄《や》んだ。

（……来たな）

と闇《やみ》を睨《にら》んでいると、ひたひたひたという音がして、庭の暗がりの中からぼうと白い影が浮びあがった。

（やつだ！）

やつはつんつるてんの浴衣を着ていた。裾《すそ》からふさふさした白い尾がのぞいている。わたしは息をするのも控えてじっとしていた。白い影はわたしの鼻の先へ停《と》まり、それからひらりと縁側へ跳びあがった。静かに数呼吸してから、そっと縁側から顔を出し、およねの寝所を窺《うかが》うと、白狐は蚊帳の外から、内部《なか》のおよねを眺めおろしているところだった。

およねは正体もなく寝入っていた。

やがて白狐は肩をひとゆすりしてはらりと浴衣を脱ぎ捨て蚊帳の中へ入り、およねの上におおいかぶさった。およねが声をあげはじめた。そして、わたしにとっては地獄の邏卒《らそつ》どもが舌を斬《き》る刀を研《と》ぐ音よりも怖《おそろ》しい、あのぴちゃぴちゃぴちゃという音が聞え出した。

（今だ。今なら白狐は無我の境、しかもこっちに背を向けているから気がつくまい）

わたしは縁側に腹這《はらば》いになって手を伸し、白狐の脱ぎ捨てた浴衣をたぐり寄せ、かわりに針をさした浴衣を置いた。

縁の下に戻ったとき、白狐は動くのをやめた。古狐め、早く浴衣を着てくれないかなと、一日千秋どころか一秒万秋の思いで待っていると、突然、
ぎゃーっ！

という声があがり、目の前を白いものが駈《か》け去っていった。古狐の白い影はたちまち夜の闇のなかに滲《し》むようにして溶け失せた。

縁の下から這い出し、沓脱《くつぬぎ》の石台に手をかけると、その手がぬるっと滑った。手を鼻へ持ってくるとぷうんと血の匂いがした。

およねは蚊帳の中で正体もなく眠っていた……」

老人はそのときの血の匂いを思い出したのか、鼻にちょっと手をあててから、急に顔をしかめた。

「それでどうなりました？」

「すべてはうまく行ったように見えた。まず、白狐は二度と姿を現わさなかった」

「針の一本や二本軀にささったぐらいで狐が懲《こ》りるものかなあ」

「針の先にとりかぶとの毒を塗っておいたのだよ」

「……」

「荒金屋敷の主はおよねとわたしの結婚を許してくれた。祠《ほこら》のある荒金屋敷にいてはいつなんどきまた狐が現われるかも知れないというので、わたしは釜石の町なかに借家を見つけて、そこで世帯を持った」

「なんとも思いませんでしたか」

「というと……」

「おじいさんには悪いけど、そのおよねという人は狐と特別の関係があったわけでしょう。そのことについてなんとも思わなかったのですか」

「すこしは迷った。だが、考えてみればおよねはそのことについては何も知らないのだ。およねは狐の術にかかって無意識のまま軀を委《まか》せていただけなんだよ。そのときのわたしはそう考えて、白い古狐とおよねとの忌《いま》わしい関係を頭の中から追い出したのさ」

ここで老人はゆっくりとまた一服、煙草を喫《す》った。

「しばらくの間は、何事も起らなかった」

やがて老人は重い口吻《くちぶり》で言った。

「わたしたちは仕合わせだった」

仕合わせだったというには憂鬱《ゆううつ》すぎる声の調子だった。
「仕事もうまく行っていた。一年もしないうちにわたしは市内に小さいながらも呉服店を構えるまでになった。これにはおよねの力が大きくあずかっていたね。たとえばおよねがひょいと『明日は遠野の何某《なにがし》さんのところへどろ染め本場大島紬《つむぎ》を持っていってごらんなさい』と呟《つぶや》く。そこでその通りにすると、当時の金で何百円もしたどろ染めの大島紬が、およねの言うようにぽんと売れてしまうのだ。およねはまた釜石周辺でだれがいつどこのだれと婚礼をあげるかも知っていた。『大槌《おおづち》の何某さんのところの娘が半年後に嫁に行くことになったらしいわ。だから花嫁衣装一式を持っていってごらんなさい。明日中に行かなくては、他の呉服屋さんに先を越されてしまうわよ』
本当かなあと思いながら見本を持って行くと、『おやまあ、親戚《しんせき》にもこれから知らせようと思っていたことをどこで知りなすったのだろう』と感心し、感心ついでに花嫁衣装一式を註文してくれるのだ。
しかも不思議なことに、こういった情報をおよねが洩《も》らすのは、わたしが彼女を抱いたときに限られていた。およねが何処《どこ》からそういった情報を仕入れてくるのかは判《わか》らなかったが、およねの言うことはいつもたしかだった。しまいにわたしは情報を聞き出すために毎晩のように彼女と枕《まくら》を交わすようになっていった。

がそのうちにわたしは妙なことに気がついたのだよ。なんといえばいいか、およねがたしかにわたしの腕の中にいるのにそうではないというのか、およねと本当に交わっているのはたしかにこのわたしなのに、それは形だけで、じつはおよねと本当に交わっているのは別のだれかである、といったような奇妙な感じがするときに限って、およねは飛切上等の情報を教えてくれるのだ。

結婚してから一年たった晩《おそ》い秋のある日、わたしはおよねを連れて、近くの温泉へ遊びに行った。店は軌道に乗ったし、お得意は日毎《ひごと》に殖える一方だし、もうなんの心配もない。このへんで一年の垢《あか》を流し、女房孝行しようというわけだったが、この温泉へ行く途中の山道でおそろしいことが起った。

もう一里も歩けば温泉に着くというあたりでばったり柴犬《しばいぬ》と出っくわしたが、その途端、およねが急に蒼《あお》い顔になり、がたがたと震えはじめたのだ。

『どうした、およね。その犬は山犬じゃない。見たところちゃんと訓練された猟犬のようだ。よい猟犬は人に噛《か》みついたりはしない。怯《おび》えるのはよしなさい』

と手をとってなだめたが、およねの震えと怯えはますます大きくなるばかり。柴犬はどうしたことかますます激しく吠《ほ》えたてる。その吠え声にとうとう堪《たま》らなくなったのか、およねはわたしの手を振り切って、道の左手にひろがる雑木林の中へ走り込んだ。柴犬が素速く彼女の後を追った。

『およね、どうしたのだ！　戻っておいで。逃げたりするとかえって犬が興奮するじゃないか』

だがわたしの声は燃えるように赤く紅葉した林の中へ空《むな》しく吸い込まれて行くだけで、およねは一向に戻ってはこなかった。わたしはおよねの出てくるのを待つことにし、道端に坐《すわ》り込み、煙管《きせる》を咥《くわ》えたが、そのとき、林の奥で、

ぱたん！

地方廻《どさまわ》りの芝居一座の裏方が鳴す付けのような音がした。

はっとして腰を浮かし、林の中を窺っていると、やがてがさごそと藪《やぶ》をかきわける音がして、さっきの柴犬を従えた猟師が虎弾《とらはじ》きとこの地方では呼んでいる鉄製の捕獣機を担《かつ》いでこっちへやってくるのが見えた。虎弾きには、見事な毛並みの牝狐が一匹、前肢をはさまれてもがいていた。猟師はわたしに『狐というのは利口なやつで、虎弾きに肢をはさまれると自分で自分の肢を喰い千切って逃げる。が、こいつは、おれがたまたま虎弾きのそばにおったので逃げるひまがなかった。考えてみれば不運な狐さ』と言って立ち去った……」

ぽんぽんぽん！　昼花火の音がまた聞えてきた。腕時計にそっと目を落すと、針は一時を廻っていた。もう療養所へ戻らなくてはならなかった。

「つまり、おじいさん、およねさんは狐つきどころか狐そのものだったわけですね」

老人は答えなかった。

「おじいさんの奥さんは狐だった。そしておじいさんと結婚したあとも荒金屋敷の祠の主の白狐と関係を続けていたんだ、むろんおじいさんの肉体を使ってだけど……。そうだったんでしょう。さすがに白狐はおじいさんに済まないと思い、その代償に、およねさんの口を通じて、情報を提供した。そういうことだったんですね？」

老人は胡麻《ごま》塩《しお》頭をぐるぐると手で撫《な》でまわし、

「かもしれんし、そうではないかもしれん。およねは失踪《しっそう》したのかもしれん。猟師の撃ったのは偶然、あのときに通り合わせた只の狐かもしれん」

「しかし……」

「とにかく、それ以来、わたしはひとりで通してきたのだよ。およねの失踪を荒金屋敷の主に伝えると、彼は『そうか』といって頷いただけだった。荒金屋敷の主は、前にもいったように小さな金山を見つけてから集落一の金持になりあがったんだ。噂《うわさ》ではその金山を見つけたのは、彼の奥さんだったそうだ。あの人もわたしと同じ目に遭ったのかもしれんな」

犬伏老人はのろのろと湯呑《ゆの》みに麦茶を注ぎ、ぼくは岩屋を出るために立ち上った。

また昼花火の揚る音が聞えてきた。

笛吹峠の話売り

山間《やまあい》の療養所は陰気で、ぼくにはそこが姨捨山《おばすてやま》ならぬ病人捨山のように思われた。結核患者の家族たちは療養所へ病人を預けるともうあまり寄りつかなかった。交通の便の悪いせいもたしかにあったけれども、病人を托《たく》して帰る家族の表情にはこれで厄介払いをしたという残酷な微笑がかすかに泛《うか》んでいるような気がして、入所患者があるたびに、ぼくは憂鬱《ゆううつ》になったものだ。

ぼくの仕事はその療養所で働く医師や看護婦、そして炊事夫などの月給を計算することで、これは三日もかければ容易に計算することができた。残りの二十七日は事務室の机に頬杖《ほおづえ》をつき、昼になるのを待ちかねて暮した。昼休みになれば犬伏老人の話がきける。その頃のぼくの楽しみはそれだけだった。

それにしてもぼくは老人からいったいいくつ話を聞かせてもらっただろうか。ぼくはその療養所で二年半ばかり働いていたから、すくなく見積っても五百や六百は下るまいと思う。一篇《ぺん》千円として金に換算すると五、六十万円にはなるだろう。——などと、冒頭から意地汚いはなしになってしまったが、これにはじつはわけがある。あるとき老人は、昭和の十年ごろまで、この地方に他人様《ひとさま》にさまざまな話を聞かせていくばくかの銭を貰い、それで生計を立てる「話売り」と称する人たちがいた、と語ってくれたことがあるが、ぼくはどうやらその話を思い出したらしいのだ。思い出しついでに、この「話売り」の話を受け売りすることにしよう。

「わたしは女房運がなくてねえ。一生に三回も結婚したのさ。最初のが東京の下町の娘、次がおよね、三番目がおきぬという女……」

正確な月日は忘れたが、なんでも間もなく山に根雪が降りそうなころだったと思う、岩屋へとびこんで囲炉裏の火で手を焙《あぶ》っていると、奥で行李《こうり》の底をひっかき廻していた老人が挨拶《あいさつ》のかわりのように言った。

「三回も結婚できるなんてかえって仕合せじゃないのかなあ」

そのころのぼくは、できるなら世界中のすべての女性と肌を接してみたい、と夢想していた。つまり「質より量」論者だったわけである。もっと簡単にいえば色気づいていたのだ。

老人は行李の底から袖《そで》なしの綿入れを引っ張り出し、それを肩に羽織ると囲炉裏の前に戻ってきた。

「嫌いで一緒になる馬鹿《ばか》はいない。好きだからこそ一緒になる。だから別れるのは辛《つら》い。その辛いことを三回も繰返すなぞは、これはよくよく運のない証拠だよ」

　自分に聞かせるように言いながら、老人は袖なし綿入れのあちこちに付いた糸屑《いとくず》を丹念に拾った。何回も水をくぐった綿入れらしく、色がずいぶん落ちており、裾《すそ》は摺《す》り切れて、なかの綿がはみ出しそうになっていた。

「この綿入れを縫ってくれたのはわたしの三度目の妻だがね、その女と最初に逢《あ》ったのは釜石の飲み屋だった」

「飲み屋……?」

「うむ。特殊な飲み屋さ。一階が土間と四畳半ほどの座敷。二階が四畳半が二間。階《し》下《た》で酒を飲み、その気になったら相方の女と階上《うえ》の四畳半で寝る、というやつ……」

「つまり売春宿ですか」

「そう。海っぺりに沿ってそういう飲み屋がずらりと並んでいた。三度目の妻はそういった店で働いていたんだよ」

「じゃあつまりそのう……」

　ぼくは言葉が咽喉《のど》につまって言い淀《よど》んだ。

「そう、いってみれば娼婦《しょうふ》だったのだ」

　ぼくのかわりに老人がその言葉をさらりと口に出した。

「およねがいなくなったあとも、わたしは釜石で呉服の商いを続けていた。が、およねがいなくなってからはあまり商いがうまく行かなくてね、自然、そういう売春窟《くつ》兼飲み屋街で飲んだくれるようになった。

飲み屋街には表口と裏口があってね、表口は町の大通りと繋《つな》がっているのだが、裏口は汚い空地と向いあっていた。汚い空地となぜいうのかといえば、そこが肥料用の魚の干場になっていて、年中、いやな匂《にお》いがするからだ。それともうひとつ、製鉄所で流す廃水の溜《たま》り場もその空地の隅にあって、魚と廃水の臭気で、鼻がつうんとするどころか、目から涙がこぼれるというほどだったのさ。

さてあれはたしか季節はいまごろだったと思う。つまり冬のはじめ。日が暮れかかっていて、氷みたいな風が吹いていた。わたしがその裏口へさしかかると、肥料をつめる叺《かます》の積んであるかげで話し声がしていた。なんの気なしに足をとめて耳をすますと、

『それじゃ姉さんはここを夜逃げするほかないねえ』

穏やかでない言葉が耳に飛び込んできた。そうっと積み上げてある叺のうしろへまわると、若い女が泣きじゃくっている女の子の手を撫《な》でてやっているのが見えた。目を凝らすと、女の子の手が異様に脹《は》れあがっている。つまり霜焼だ。だが、それぐら

い脹れあがった霜焼は、その脹れがひいても元へは戻らない。ぐちゃぐちゃに崩れて雪焼というやつになる。わたしも幼いとき、雪焼で苦しんだ憶《おぼ》えがあったから、なんだか他人事《ひとごと》とは思えず、つい声をかけてしまった。

『熱湯に大根をすりおろしてそのなかに十五分も漬けておきなさい。だいぶ楽になるから』

若い女はびっくりしてこっちを見た。どこもかしこも瘦《や》せて針金のようだった。ただ顔立ちは十人並で目が大きかった。その目が泪《なみだ》で濡《ぬ》れていた。よく目千両というが、そういう言いまわしにぴったりのきれいな目だった。

『ところでいま、夜逃げがどうのこうのという言葉の切れっぱしが聞えたが、聞いたのがわたしでよかった。この町内の人たちの耳にでも入ったら決して只《ただ》ではすまないよ』

その町では逃げた女の折檻《せっかん》は指を折るという噂《うわさ》があった。顔も躰《からだ》もいわば商売道具、これを傷つけたのでは雇主の損だ。そこで、左手の小指や薬指を、見せしめのために他の女たちの前で折るのだ。その現場を見たわけではなかったが、その町には小指や薬指をぶらぶらさせていた女がずいぶんいた。そこから判断しても噂は真実にちがいなかった。

『お父っつぁんが病気なんです。明日にも息を引きとるかもしれません。それほど重い病気なんです』

若い女はうわごとのように喋《しゃべ》りだした。

『そのお父っつぁんが、ときどき目をかっと見開いて、妹に言うんだそうです。もう命はいらない。ただ死ぬ前に一目でいいからわたしの顔を見たい。ひとこと、わたしに詫《わ》びが言いたいって……』

おしまいの方は涙声になった。

おそらくその女の父親は、自分の働きが悪いために娘を苦界に沈めたことが、死ぬ間際《まぎわ》になって気になりだしたにちがいない。そして、ひとこと詫びを言わぬうちは死ぬにも死にきれない気になったのだろう。しかし稼《かせ》ぎが悪いといってもすべて父親のせいだとはいえない。とくにそのころの三陸地方はくる年もくる年も凶作で、牛や馬のように働いても娘を売りに出さなければ喰っていけないという貧農がざらだったのだ。なのに女の父親はすべてを自分のせいにして売った娘に詫びようとしている。それが哀れだった。そこでわたしは女に言った。

『お父っつぁんのところへ行ってあげなさい。あんたのいない間、あんたが稼ぐはずだったお金はわたしが出してあげるから……』

これが彼女との出逢いだった。それからというものは、わたしはなにかというと彼女の店へ行くようになり、やがて半年あと、店に彼女の借金を払い綺麗《きれい》な躰にしてやって、一緒に住むことになった。で、この女がおきぬという名だった。

おきぬの借金を払ってやった、とはいってもその金がまた他人様《ひとさま》から借りた金、これはいっときも早く返済しなくてはならない。そうなると流行《はや》らない小さな呉服屋では見通しが暗い。これは思い切って商売換えをしたほうがよさそうだとわたしは見当をつけた。そして、伝手《つて》を頼って大槌《おおづち》の駄ンコの問屋店《とんやだな》に入った。ところで大槌という町を知ってるかね」

老人は煙管《きせる》の火皿にきざみ煙草《たばこ》を詰めながらぼくに訊《き》いた。ぼくは頷《うなず》いた。

「釜石と宮古の間にある漁港でしょう。大槌はわかるけど、駄ンコだの、問屋店だのいうのはなんです?」

「駄ンコというのは、馬を引いて駄賃を稼ぐ者のことだよ。つまり馬方だな」

老人はここで深々と一服すって、ゆっくりと煙を吐きだした。

「問屋店というのは今でいえば運送店のようなものかな。馬を預かってくれ、仕事をまわしてくれる」

「でも馬方でそんなにお金が稼げますか?」

「当時はなかなかいい商売だったのさ。たとえば大槌の駄ンコなら午後おそく馬に魚を積んで遠野へ出かける。魚は朝とれるもの、だから魚を陸揚げしたらすぐ馬に積み朝のうち出かけたらいいだろうと思いがちだが、それでは日中の道中になり、お天道様の熱で魚が腐るのさ。そこで陸揚げした魚はそのまま魚市場にしまっておいて、陽が充分西に傾いてからはじめて馬の背に積み、出かけるわけだ。夜通しかかって笛吹峠を越え、あくる朝、遠野に着く。問屋店に魚をおろして、かわりに米や野菜を積み、午後おそく大槌に戻ってくる。この一往復で馬一頭につき米一斗分の駄賃がもらえた。ところが馬を一頭しかひかない駄ンコなぞ駄ンコのうちに入らない。一人前の駄ンコはいっぺんに五、六頭の馬を曳《ひ》く。五頭としても一往復で米五斗、つまり米一俵以上の稼ぎになる。ひと月の米代が遠野へ行って帰ってくるだけで出るわけだ。これはなかなか割のいい商売だよ。

それはとにかく、大槌の町外れに小さな借家を借りて、そこからわたしは一日おきに遠野へ出かけて行った。

おかげで三カ月でおきぬを引き取ったときに借りた金を返すことが出来た。その次の三カ月で借家を自分たちの持物にした。そのころになるとおきぬも長い間の苦界勤めの垢《あか》がとれて、見ちがえるほどいい女になった。前は痩せていたから目の大きいのが変に目立ったのだが、全体に肉がついてくると、それがなんともいえず落ち着いていて、こう仇《あだ》っぽくなる。胸にも肉が殖えていかにも女の盛りといった豊かな感じになる。そんなわけで、

『犬伏んとこの嬶《かかあ》は凄《すげ》え別嬪《べっぴん》だ』

という評判が次第に立ちはじめた。

しかもおきぬは美人というだけではなかった。針を習わせれば、三カ月もたたぬうちにそのへんの裁縫所のお針子ほどの腕になる。この綿入れもそのころの労作でね、普通のお針子なら一日はかかるところを半日で仕上げてしまった。料理の腕もたしかなものだった。庖丁《ほうちょう》一本で魚一本を切り身にもする刺身にもするという器用さ。おまけにやさしい心根の女でね、わたしは毎日すくなくとも一遍は『ああ、いい女を女房にした』と思ったものだよ。

ところでこの駄ンコだが、金になるかわりになかなか骨の折れる仕事でね、まず夜通し歩く、そして次の日もまた歩くというのが辛い。

第二に、笛吹峠というところが難所で、ここには山犬が出る。外見は犬でもその悪強く凶暴なことは狼《おおかみ》以上だ。とくに大槌から遠野へ向う往便、これがちょくちょく山犬の群れに襲われる。魚を山のように積んでいるのだから、まあ、襲われても当然

だが。

　そこで笛吹峠を越えるときは山犬よけの鈴をじゃらじゃら鳴す。真夜中の峠道をじゃらじゃら鈴を鳴らして歩いていると、こっちの鈴の合い間に、はるか遠くの方から、同じような鈴の音が聞えてくるときがある。そんなときは嬉《うれ》しかったものさ。なぜって、そのかすかな鈴の音は峠のどこかに仲間がいるっていう証拠だものねえ」

　ここで老人はまた一服つけた。ぼくはこの話の合い間に、急須に湯を注ぎ、お茶を入れた。

　ぼくの入れたお茶で咽喉に湿めりをくれた老人は、囲炉裏の縁でぽんと煙管を叩《たた》き、それを合図のようにしてまた話しはじめた。

「さて、駄ンコに転業してはじめての夏のある夜のことだ。例によってじゃらじゃらと山犬よけの鈴を振りながら馬を曳き、笛吹峠を登って行くと、ひょいと向うに小さな灯の浮んでいるのに気がついた。月も星もない真暗闇《まつくらやみ》の中で小さな灯が滲《にじ》むように光っているのだ。螢《ほたる》のような気もしたがどうもすこし感じがちがう。少々気味が悪いが、気味が悪いぐらいで引き返していたのでは駄ンコの生業《なりわい》が立たぬ。ここはしゃにむに通りすぎる一手だ。そう思ってわたしはいっそう激しく鈴を振りながら、その小さな火に向って進んでいった。

と、そのうちにやがて妖《あや》しい小さな火の正体がわかった。わかってみてなんだ、ばかばかしい、とわたしは苦笑した。その小さな火というのは煙草の火、顔中に不精ひげを生やした爺《じい》さんが巻煙草の吸殻を煙管につめて喫《す》っている、その火だったのさ。吻《ほっ》としたついで、わたしはこのへんで一服して行くのも悪くはないな、と思った。そこで腰の煙草入れを抜きながら爺さんのほうへ近づいて行った。

『爺さん、煙草の火をわけてくれまいかね。わたしだって燐寸《まっち》ぐらい持っていないわけじゃないが……』

みなまで言わせず、爺さんが口を開いた。

『あんた、話を買うつもりはないかね』

わたしはははんと思った。あっちの村の噂をこっちの町で売り、こっちの町で仕入れた世間話をあっちの村で金にかえる話売りが、三陸沿岸に四、五人いると聞いていたが、この爺さんがそれか。

『駄ンコのあんたにじつはとっておきの話があるんじゃがどうだね?』

前にも話したように駄ンコに転業してからのわたしは懐中があたたかだった。稼ぎがよかった。話ひとつにいくらの値段が付いているのか知らぬが、まさか『一円』だの『二円』だのと高いことはいうまい。高くてせいぜい五十銭ぐらいなものだろう。話の種に話をひとつ買って行くか。

『買ってもいいが、爺さん、あんまり高いことをいっちゃいけないよ。五十銭以上は出せないがいいかい？』

『五十銭か』

話売りの爺さんは顎《あご》のあたりのひげを引っ張って考えていた。

『よし。五十銭でよかろう』

爺さんは居住いを正した。

『あんたにはこのはなしを売ってあげる。いいか。……むかしむかし、ある野ッ原に大きな木と小さな木が立っておりました』

わたしは全身を耳にして爺さんの話を聞いていた。

『あるとき、どういうわけか大きな木が倒れ、小さな木はそのまま残りました。そしてそれだけです。とんぴんと』

『も、もうおしまいか』

『ああ、おしまいだ。さあ、五十銭もらおうか』

『なんだ、ばかばかしい。これじゃ詐欺《さぎ》に引っかかったようなものだ』

わたしはぶつぶつ不平を言いながら、首からさげた財布のなかから五十銭玉をひとつとりだし、爺さんにそれを渡した。

『いい勉強になったよ、爺さん。これからは二度と話を買おうなんて気を起さないようにするよ』

『それはどうかな』

爺さんはひげをしごきながら立ちあがり、不意に、風のように大槌の方に向って歩き出していた」

「とぼけた爺さんですね」

ぼくはしばらく、くすくす笑っていた。

「つまり、おじいさんはいっぱい喰ったわけですね」

「それから半月ほど経《た》ったある午後のことだが、遠野から茄子《なす》や胡瓜《きゅうり》を積んで大槌の町外れにさしかかると……」

老人はぼくに構わずに話し続けた。老人の声音はひどく真剣だった。ぼくはその真剣そのものの声音に気圧《けお》されて黙った。

「……いましがたまで晴れていた空が急に暗くなった。不吉な予感がして空を仰ぐと、西から東へぐんぐんと黒い雲がせり出して行くところだった。まるで洗面器に墨汁をどかっと撒《ま》いたような塩梅《あんばい》さ。こりゃいかんと思ったが、そのときは時すでにおそし、小石ほどもある雹《ひょう》が叩きつけるように降ってきた。見廻すと、そこは原っぱなかの一本道、一町ほど向うに欅《けやき》の木が大きいのと小さいのと一本ずつ立っているだけだった。

（……とにかくあの欅の大木の下でこの雹をやりすごそう）

咄嗟《とっさ》にそう思いついてわたしは馬を曳いて走った。頭上では稲妻が閃《ひらめ》き、雷が鳴りはじめた。その下を馳《か》けに馳けようやく欅の大木の下に辿《たど》りついて吻としたとたん、わたしはふっと半月ほど前、真夜中の笛吹峠で話売りの爺さんから買った話を思い出した。

『……大きな木は倒れ、小さな木はそのまま』

わたしははっと思って、大木の下からとびだし、十間ほど離れた小さな木の下に潜り込んだのだが、そのときだったよ、近くに太い火の柱が突っ立ったのは。火の柱も凄《すご》かったが、そのときの雷の音もすさまじかった。あッと叫んだときはもう地面に叩きつけられていたほどだからね。しばらくたってからおそるおそる顔をあげると、あの欅の大木が黒焦《くろこ》げになっていた。……わたしはつまり五十銭で命が助かったわけだ。

このとき以来、わたしは笛吹峠を通るたびにあの話売りの爺さんを探すようになった。いってみれば彼こそは命の恩人、改めて礼を言いたかった。そしてそのついでといってはなんだが、新しい話を譲ってもらいたくもあった」

「で、逢《あ》えましたか。話売りの爺さんとまた逢うことができたんですか？」

「なかなかめぐり逢えなかったね。そうこうするうちに紅葉の時期になった。笛吹峠は見事に赤一色。そのころのある日のこと、遠野で青徳利に酒を買い、笛吹峠にさしかかったところで馬を木に繋《つな》ぎ、紅葉を眺めながらちびちびやっていると、不意に背後から声がかかった。

『よオ、大槌の駄ンコ衆、わしにも酒を一口奢《おご》ってはくれんかねえ』

振り返ると、いつかの話売りの爺さんが、杖《つえ》にすがるようにして立っている。

『この間、五十銭であんたの買った話はどうだった？　おもしろかったかね？』

わたしは爺さんに走り寄って、

『おもしろかったなんてもんじゃありません。あんなに役に立つお話は生れて初めてでした』

皺《しわ》だらけのその手をしっかりと握った。

『酒を一口などとみみっちいことをいわずに、どうかこの青徳利を空っぽにしてやってくださいよ』

爺さんを路肩の草の上に坐《すわ》らせ、酒をすすめたり、肴《さかな》がわりのさきいかを掌にのせてやったり、わたしは孝行息子のように振舞った。

『あいかわらず景気がいいようだな』

青徳利の酒にぴしゃぴしゃ舌鼓を打っていた爺さんが、しばらくしてから思い出したように訊《き》いた。

『まあまあです』

『ほう、まあまあかね』

『これでなかなか心配の種がなくなりませんでねえ』

『心配の種というのは奥さんのことか』

爺さんはずばとわたしの悩みごとを言い当てた。変な言い方をすればおきぬはたしかに掘出し物といってよかった。くりかえすようだが、気立てがよくて裁縫も料理も上手だった。そしてなによりも男の心を惹《ひ》くなにかがあった。

《犬伏んとこの嬶《かかあ》と一晩でいいからねんごろになりたいものだ》

《犬伏んとこの嬶のところへ、亭主の留守に夜這《よば》いをかけようか》

《こないだ犬伏の嬶が行水しているところを出歯亀《でばかめ》したぜ。よだれの垂れるようないい躰《からだ》してたよ》

《あの嬶は釜石で女郎してたって噂《うわさ》だ。人間の本性などそう簡単に直るものじゃねえ。

金次第でこっちの相手をしてくれるかもしれねえよ》

銭湯や床屋や酒屋の店先で、わたしが聞いているとも知らず、近所の男たちが卑猥《ひわい》な高声でこんな冗談口を叩き合っているのを、よく耳にしたが、そのたびにすこしずつ駄ンコ稼業にいや気がさして行った。この仕事を続けるかぎり、一日おきに家を明けなければならない。わたしの留守に近所の男たちの冗談が真実《ほんと》になったらどうしたらいいのだろう。

『やはり奥さんのことが気になるらしいな』

爺さんはにやりと笑った。

『それならどうだ。またわしの話を買わないか。今度はあんたの奥さんにまつわる話だが……』

『か、か、買いますとも』

わたしは財布を爺さんの手に押しつけた。

『ここに二十五、六円あります。これ全部とその話というやつを取り換えてくださ い』

爺さんは財布のなかから五十銭玉を一個取り出して、

『五十銭でいいさ』

と言った。

『では話を売ろうか。きょうの話はこうだ。むかしむかし仲のよい夫婦者がありました。その夫婦者はいつも《百回聞《たび》いて相手を疑え》ということばをお題目のように唱えておったそうです。これでおしまい、とんぴんと』

話を終えると爺さんは財布をわたしの手に戻しながら立ちあがり、風のようにすばやく、遠野の方に向って去って行ってしまった。

その日、大槌へ戻ったのは日が暮れてからだが、これはつまり笛吹峠で道草を喰ったぶんだけ遅くなったわけだ。問屋店に馬を預けてぶらぶら家のほうへ歩いて行くうちに、わたしはふと、近所の男たちの冗談口を思い出した。

(昨夜は家を明けた。そして今夜もわたしの姿が家にないと知ったら、妙な気を起すやつも出てくるだろう。すこしでも早く帰ってやらねばおきぬが可哀相《かわいそう》というものだ)

そう考えて速足になり家の前までやってきたが、そのとき、家の茶の間のくもりガラスにちらと写った人影を見て、わたしは愕然《がくぜん》となった。それは男の影だった。かっと頭に血がのぼって、わたしは思わず軒下に積んであった薪《まき》を手に握ったが、まてよ、と思い直した。話売りの爺さんから『百回聞いて相手を疑え』と教わってきたばかりのところだし、それに人影がくもりガラスに写ったのはほんの一瞬のあいだ、たしかに男の影だと断言するだけの自信はない。

わたしは表戸をすばやくあけて、家の内部《なか》のあちこちに鋭く目を配った。

『おかえりなさい』

おきぬが茶の間から小走りに馳けてきた。

『お疲れだったでしょう。すぐ銭湯へいらっしゃる？　それとも一本つけますか』

『酒をつけておくれ』

『はい』

『ちょっと待った。そのまえに聞きたいことがあるんだが……』

おきぬは濡《ぬ》れたような目でわたしを見上げた。

『たったいま、そこの茶の間にだれか坐っていたような気がするが、そんなことはなかったかな？』

『坐っていたのはわたしですわ』

おきぬは急になにを言い出すんですか、とでもいうように大きく目を瞠《みひら》いてわたしを見つめていた。

その日はそれで終ったが、あくる日の午後、問屋店へ行く途中、わたしの心にまた前の晩と同じ疑念がとりつき出した。ちらと見えたあの人影はやはり男だったのではないか。その疑念は問屋店に近づくにつれてますます大きく膨れあがって行った。あの人影の正体を突きとめてみよう、とわたしは心を決めた。そんないじいじうじゃうじゃした気分では遠野まで歩き通すのはとうてい無理だ。そう思ったのだ。

（おきぬはわたしがいつものように午後おそく遠野へ発《た》つだろうと信じているはずだ。となると、もしもあいつに男がいるなら、今夜、きっとその男を家へ引き入れるだろう。そこを取り押えるのだ）

問屋店へは、都合があって夜遅く発つことにすると話をして、暗くなるまで港の岸壁で時間をつぶした。そして頃合い加減のよいところでわたしは家に引き返したが、家のくもりガラスに写っている影を見て、へなへなと地面にしゃがみこんでしまった。くもりガラスには影がふたつ差し向いで写っていたのだ。ひとつはおきぬでもうひとつは男の影だった。

『さあ、あなた、いい具合に燗《かん》がつきましたよ』

おきぬの影は男の影に向って銚子をさし出した。もうすべては明らかだ。やはりおきぬには男がいたのだ。頭のどこかで話売りの爺さんが『百回聞いて相手を疑え』と叫んでいた。がしかし、事情がこうはっきりした以上は、だれに何を聞く必要があるだろうか。

『こ、この売女《ばいた》め！』

大声で怒鳴りながら、くもりガラスの嵌《は》まった戸を踏倒し、わたしは茶の間におどりこんだ。おきぬは銚子を持ったまま、ただ呆然《ぼうぜん》としている。男の方は顔をそむけ、身動きできずにいる。

『よくもおれを裏切ったな』

わたしはおきぬを足蹴《あしげ》にした。おきぬはやはり銚子を持ったまま、背後の火鉢の方へゆっくりと倒れていった……」

「……悪い女だなあ」

と、ぼくは呟《つぶや》いた。

「完全におじいさんを裏切ったんだもの」

老人は悲しそうな表情をして首を横に振った。

「そうではなかった。じつはあれほどやさしい心を持った女もいなかったのだ。というのはわたしがおきぬの火遊びの相手だと思い込んだあの男は、おきぬの作った藁《わら》人形だった」

「藁人形？」

「そうだ。その人形にわたしの着物を着せ酒をすすめる真似《まね》をしていたのだよ」

「な、なぜ、そんなことを……？」

「近所の男どもに、わたしの亭主はこのとおりちゃんと家におります。変な真似をしかけてきたら亭主がだまってはおりませんよ、と無言の人形に語らせていたわけだ」

「……」

「もうひとつの理由は、むろん、わたしの留守が淋《さび》しくてならなかったからだろう」

「それで、おきぬさんは？」

「火鉢の角で頭を強く打ったのがもとで、間もなく死んでしまった。わたしがあれを殺したようなものだ」

長い間、ぼくたちは黙りこくったままだった。やがて犬伏老人がぽつんと言った。

「人間が人間を信じられなくなったらおしまいさ」

水面の影

「この岩屋のある山を南にひとつ越したところに甚兵衛沼《じんべぬま》という変った名前の沼のあることを知っているかね」

国立療養所で働くようになって二度目に迎えた春のある昼休みのこと、いつものように岩屋に顔を出したぼくに犬伏老人が訊《き》いた。その沼へは二度ほど行ったことがあるので、ぼくは頷《うなず》きながら囲炉裏の前に坐《すわ》った。二度ともたしか百合《ゆり》の根を掘りに行ったはずである。

沼は直径《さしわたし》が百米《メートル》ほどの小さなものだったが、水面には二度ともうっすらと靄《もや》がかかっていた。水の色は緑だった。これは水底に密生している藻《も》の色がそう見せていたのだろう。靄と緑色の水面のせいか、気味の悪い沼だった。

「あの沼が甚兵衛沼といわれるようになったのは、すぐそばに百合の根掘りで生計を立てていた老人の名が甚兵衛だったからだというが、これから話す事件はあの沼の岸で起ったのだよ」

老人がのっけから「事件」という言葉を持ちだしたのでぼくは思わずぞくっとした。事件とはなんだろう。

「事件はあの沼の岸で起った、というのはよく考えてみると正しくはないな。むしろ、事件はあの沼の岸で完結したというべきかもしれない。うむ、事件のそもそもの発端は、沼の、さらにもうひとつ山を越した中橋鉱山だ、と訂正しよう。ところであんたは中橋鉱山へまで行ったことがあるかな」

ぼくは首を横に振った。

そのころ中橋鉱山はすでに廃山になっていたし、甚兵衛沼と中橋鉱山との間には高い山（といっても標高五百米ちょっとだったが）が聳《そび》えていて、甚兵衛沼と鉱山跡との通行を阻《はば》んでいた。鉱山の跡を見学したいと思う物好きには（もしそんな奇特な人がいればのはなしだが）、海岸部にある釜石市から入る方が便利だった。釜石市からは中橋鉱山跡まで一日五回、定期バスが出ているはずだった。

「中橋鉱山というのは明治の末に発見され、昭和二十年にはもう鉄鉱石の脈を掘り尽してしまったというのだから、小さな鉱山《やま》さ。鉱山の坑口もひとつしかなかった。持主も釜石製鉄のような大会社ではなく、《村の有力者》クラスの津田 某《なにがし》という男の持山だった。鉱脈は小さく、埋蔵量は僅《わず》かということが発見されたときからはっきりしていたから、持主の津田某は設備に金をかけることを一切しなかった。金大工《かなだいく》――というといやに古風な呼び名だが、実際にこの中橋鉱山では鉱夫はそういう名で呼ばれていた――は自分の足で鉱山に入り、地下五十米ばかりのところにある現場まで梯《はし》子《ご》で昇り降りしていた。梯子といっても、一本の丸太に棒切れを五寸釘《くぎ》で乱暴に打ちつけたお手軽なやつで、危いことこの上なしの代物だ。地の底で鉄鉱石を掘る金大工はまだいい、剣呑《けんのん》至極だったのは掘り出された鉱石を地上に運びあげる運び人たちだ。竹と麻縄で編んだ背負い籠《かご》に四十瓩《キロ》前後の鉱石を入れ、一日何百回となく地底から地上へ這《は》いあがらなくてはならない。前にも言ったように昇降のときの足掛りは丸太一本、自分より上にいる運び人が足でも踏み外したらそれこそ大惨事が起る。そいつより下にいる連中は巻添えを喰ってもろともに墜落する外はないからね。金大工や運び人は昭和十年あたりで合せて百人もいたかな。七割までが朝鮮半島の人たちで残りが日本人。その日本人がみんな脛《すね》に傷もつ怪し気な連中ばかりで、わたしなんぞはまだまともな部類だったね」

「すると、おじいさんもその中橋鉱山で働いていたことがあるんですか」

「ああ、一年ばかりいたよ」

老人はここで深い溜息《ためいき》をひとつついた。ぼくにはその溜息つく音が泣き声のように聞えた。

「あの鉱山《やま》での一年は地獄の百年にも匹敵するだろうな。朝の五時には監督の振りまわす木刀に追い立てられて入山、鉱山《やま》から出てくるのが夜の十時だ。あの一年、わたしたちはまともにお日様を拝んだことがなかったね」

「どうしてそんな所で働かなくてはならなかったんです」

「身から出た錆《さび》というやつだよ」

老人は囲炉裏に薪《まき》をくべながらかすかに苦笑した。

「妻の死以後、わたしは自棄《やけ》の虫にとりつかれてな、大酒は呑《の》む、喧嘩《けんか》はする、博奕《ばくち》は打つのご乱行」

老人は額の半分を隠している、白いもののまじった蓬髪《ほうはつ》を手で掻《か》きあげてみせた。生えぎわに沿って一本、かなり大きな傷跡が横に走っていた。

「こんな傷ばかりこしらえながら暮していた。あげくの果てには他人様《ひとさま》のものを騙《かた》り取るような世渡りをする破目になった」

「すると、詐欺師《さぎし》ですか」

老人はぼくの質問は黙殺して、

「とうとうあるとき警察につかまってしまった」

と先へ話を進めた。それがどういう怪しい世渡りだったのか、いまとなっては口にするのもいやなのだろうと判断して、ぼくはそれ以上は訊かなかった。

「裁判にかかって、半年ぐらいの懲役は喰うだろうと覚悟していると、裏へ廻って話をつけてくれたやつがいた。こいつが中橋鉱山の持主の津田某だったのさ。つまり、警察とやつとの間には前からあるルートが一本通っていた。軽微な刃傷《にんじよう》事件や窃盗事件、あるいは詐欺事件の犯人を、津田某は自分の鉱山《やま》の金大工や運び人として貰《もら》い下げていたんだよ。事件を惹《ひ》き起した者にとっては懲役に行かずにすむ、津田某にとっては労力が安く手に入る上、そういう連中なら仕事がいやだといって逃げ出すこともないだろうから安心して使える、そして警察にとってはそういう人間の屑《くず》を鉄鉱山に送ることで『増産! 増産!』の国策にも副《そ》えるし、それ取調べだやれなんだかだと手間をかけることもなく簡便に事が処理できる、これこそ三方一両得の良策というわけだが、なあに、三方一両得は大嘘《おおうそ》、得をするのは津田某と警察だけでね、こっちは大損さ。あんなひどい目に逢《あ》うとわかっていれば、よろこんで懲役になったろうよ。まあ、しかし、むろんそのときはこの世に刑務所より辛《つら》い所があるとは思っていなかったから、内心ではこれで前科持ちにならずに済んだと吻《ほっ》と一安心ついた。

ところがそんな安心は中橋鉱山に着いたとたん、あとかたもなくけしとんでしまった。仕事はさっきもいったように辛い。江戸時代の佐渡金山の金大工たちは鉱山《やま》に入ると平均三年で死んだというが、その佐渡金山もかくやと思われるようなひどい仕事だ。宿舎がまた馬小屋よりもひどい。長い太い丸太を枕《まくら》に藁《わら》の上が臥床《がしょう》。雨が降れば雨が漏る、暑くなれば蚊と蠅《はえ》が攻め立ててくる、降雪期になれば毎朝藁の上に十糎《センチ》も雪が積っているという有様だ。丸太の枕はわたしたちの目覚時計のかわりでね、監督が時刻になると太い棒でがんと丸太を叩《たた》く。どんなに疲れて眠っていてもこのがんでたいていは眼が覚める。うまいことを考えたものだ。飯がこれまたひどかったな。麦飯の盛り切りにひねり沢庵《たくあん》が一切れ載っているだけでね、そのほかに昆布《こんぶ》の汁が一杯ずつつく。昆布の汁というと聞えはいいが、昆布は昆布でも茎のところをぶつ切りにしたもの、固くて不味《まず》くて消化《こなれ》が悪いという三拍子欠けたやつだった」

老人はここで言葉を切り、しばらくの間、囲炉裏の火を見つめていた。

「しかし、仕事よりも宿舎よりも飯よりもひどいものがもうひとつあった、というよりいた。監督と称する連中が十人ばかりいたが、こいつらが人の皮をかぶった鬼でね、まったく情けも容赦もありゃしない。とくに沢松という監督ときたらもう……」

老人は再び絶句した。

「よほどの人非人だったんですね」

と、ぼくは老人に誘い水をかけた。老人は頷《うなず》いて、

「人非人中の人非人だった。おまけにこの沢松は金大工上り。監督の地位、といって

も大したことはないのだが、その地位を失いたくないばかりに主人の津田某に常にいいところを見せようとする。そしていいところを見せるためにわたしたちをこき使う。殴る蹴《け》るは日常茶飯事、鉱石の上りが悪いとすぐに飯を差し止める。麦飯にひねり沢庵でもわたしたちにとっては唯一《ゆいいつ》の御馳走《ごちそう》、たったひとつの娯《たの》しみだった。それを取り上げられるのはいかにも辛い。わたしたちは歯を喰いしばって働いた」

「逃げ出せばいいのに」

と、ぼくは言った。

「逃げる隙《すき》はなかったんですか」

「なかったねえ。鉱山にいちばん古くからいる金大工がいつもこう言っていたよ。『おれはこの鉱山《やま》に七年いる。この七年の間に、おれの知っているだけでも五十人以上の人間が逃げているが、無事に逃げおおせたのは、金田という男がひとりだけだ。金田はあの沢松に憎まれていてな、いつだったか、腹が痛むから一日休ませてほしいと申し出たら、生意気なことを言うなと、折檻《せっかん》され、左の小指をねじ折られてしまった。それで金田はこのままでは殺されてしまうと思ったのだろう、その数日後にこの鉱山から逃げ出したのだが、やつだけは逃走に成功した。つまり五十人逃げてうまく行ったのは一人、確率は非常に悪い。これが五分と五分の確率ならおれだって、とっくに逃げ出しているんだがね』

捕まれば見せしめのために折檻され、ひと月は飯の量を半分に減らされる。それが怖くて、わたしは一年近くこの地獄の苦しみを耐えて暮した。

あるとき、鉱内で昼食の握り飯を嚙《かじ》っている最中に落盤があった。落盤といってもそう大きなものではない、なにかの拍子に岩天井が、横一米縦五米ばかりどさっと落っこってきたのだ。ころころと石が崩れてくるなどの前触れもあったから、わたしはすぐに飛びのき、擦り傷を三つ四つこしらえただけですんだが、土煙がおさまってあたりが見通せるようになったとき、わたしはあることに気がついて、思わずあッと声を出してしまった。崩れ落ちた岩天井から一条の光が坑道の中に差し込んでいたのさ。光の束の中にこまかい粒になった埃《ほこり》がじっと浮いていた。

わたしは光の下に立って真上を振り仰いだ。天井の穴から太陽が見えた。もぐらのような暮しをしていたわたしには太陽の光を浴びるなど久し振りのことである。目が眩《くら》みくしゃみが出た。

(頭の上には外界がある。鉱山《やま》の入口はここよりも五十米上方にあるが、長い間鉱石を掘り進んでいるうちに、坑道口が入口とは反対側の谷底とすれすれに並んでしまったのだ)

そんなことを考えていると、天井の落ちた音を聞きつけて金大工が三人わたしのまわりに集まってきた。三人のうちには、あの最古参の金大工もいた。

『これは、ひょっとしたら神仏のお導きというやつかもしれん』

ただ茫《ぼう》として上を見あげているわたしたちに最古参の金大工が言った。

『この穴をもうひとまわりひろげれば、躰《からだ》が通るほどの大きさになる。逃げるのなら今のうちだが』

どうする、というかわりに最古参の金大工はわたしたち三人の顔をゆっくりと眺め廻した。

『ぐずぐずしていると監督が見廻りにきて、この穴を見つけてしまうぜ』

わたしは角度をかえて穴からまた上を見あげた。こんどは青い空が見えた。胸に沁《し》みるような青さだった。一日でいい、いや半日でもいい、土埃だらけの夜のように暗い坑道を出て、あの青い空の下を歩くことができれば、これから先の寿命と引き換えてもいい、というような気がわたしにはちらっとした。

『逃げる』

気がついたときわたしは一年間咽喉元《のどもと》までいつも出ていながら一度も口の外に出せなかった言葉をもう言ってしまっていた。

『やってみる。みんなも一緒に逃げろ、とは強制はしないが、そのかわり仲間のよしみで逃げたことはしばらく黙っていてくれ』

そんなことを言いながら、わたしは鶴嘴《つるはし》を天井の穴の縁をめがけて振った。どさっと土が崩れ落ち天井の穴が二倍にひろがった。もう充分に人の出られるだけの大きさになっている。

『よし、おれたちも一緒に逃げよう』

最古参の金大工が大きく頷《うなず》くとわたしに向い、

『下で躰を支えていてやろう』

さっそく手を組んで足台を作った。

『そのかわり、外界《うえ》に出たら、こんどはあんたがおれたちの手を引っぱり上げてくれ』

『よし』

わたしは三人が手を組んで作った足台に足をのせ、手を穴の縁にかけた」

「それからどうしました」

ぼくは話の先をせっついた。

「四人ともうまく逃げおおせることができたんですか」

老人は首を横に静かに振った。

「じつはこれからがたいへんだった」

いつもの癖で老人は話が佳境に入るときまって煙草《たばこ》を一服喫《す》いつける。老人の一服が終るまでぼくはいらいらしながら、火箸《ひばし》で囲炉裏の灰をかきまわしていた。

「外界《うえ》へ出てみるとちょうど時節は春の終り、谷間のあちこちに雪が消え残っていた」

老人は話へ戻った。ぼくは火箸を灰にさし、老人の顔を見守った。

「陽はさんさん、空は青、松や杉の緑に黄色い枯れ草、そして白い残雪。わたしたちはしばらく、自然が作り出すさまざまな色や、それらの色の配合《とりあわせ》の美しさに打たれてぽかんと立っていた。だが、いつまでもそうやって自然の美しさを賞味しているわけには行かぬ。穴が発見されればすぐ追手がかかる。その前に安全圏内へ逃げのびておく必要があった。

『おれは東を目指して行った方がいいと思う』

最古参の金大工がしばらく考えてから言った。

『東には釜石がある。釜石は港町で賑《にぎ》やかだ。その賑やかさにまぎれこむことができればなんとか逃げおおせるだろう。魚河岸《うおがし》の漁船に見習漁夫として乗り込む手もある。また定期巡航船が宮城県の松島まで出ているはずだから、そのまま松島まで突っ走る手もある』

わたしたちは彼の意見に賛成した。わたしはほんとうは釜石とは正反対の方角にある遠野へ逃げたかったのだが、議論をしている時間はなかった。最初に出た意見に従うのがあの場合では時間の節約、つまり正解だったのだ。

わたしたちはすぐさま東の方角に向って走り出した。目の前には山がある。その頂上に立てば釜石市が眼下に見下ろせるはずだった。

だが十米も走らぬうちに先頭の最古参の金大工がだれかに足搦《あしがら》を掛けられたみたいに見事に転倒した。とたんに四方八方で鳴子が鳴り出した。最古参の金大工は灌木《かんぼく》の間に張りめぐらしてあった鳴子の縄に引っかかってしまったのだ。

『すまん』

最古参の金大工は倒れたまま、わたしたちに向って手を合わせた。

『鳴子を張りめぐらせてあるとは気がつかなかった』

幸いどこも痛めなかったらしい。彼は元気よく立ちあがったが、そのときさっと顔の色が変った。

『監督どもが追ってくる』

　たしかに南の方の山かげから男の影がひとつ、ふたつ、みっつ。

『よし、こうなったら三方に別れよう。それぞれがそれぞれの後を追いかけてくる監督を振り切って逃げのびるのだ』

　と、わたしは提案した。

『じゃ、おれは西へ逃げらあ。遠野へ行ってみるよ』

　さっそく金大工の一人が走り出す。わたしが遠野へ行きたかったのにと思ったが、むろん引き止めて談合などという余裕はない。そこでわたしは北へ太陽を背負って走りだした。走りながら、東へ行く最古参の金大工ともうひとりへ、

『がんばれよ』

　と、声をかけたが、あの声は果して二人の耳に届いたかどうか。

　ところで結論を先に言えば、わたしが北へ向ったのは間違いだったね。なぜというに、北へ逃げた金大工、つまりわたしを追いかけてきた監督が、あの獰猛《どうもう》で敏捷《びんしょう》な沢松だったからだ。

　正面に聳《そび》えるのは五百米《メートル》の、このあたりではもっとも高い山であり、しかも嶮《けわ》しい。その上、こっちは毎日碌《ろく》なものしか喰っていないし、長いこと走っていない。沢

松はぐんぐん差を縮めてきた。

山の頂上あたりでは手をのばせば届きそうなところまで追いつめられたが、このとき、うまい具合にわたしは転んでしまい、沢松が惰性で数米も行き過ぎてしまう間に、覚悟を決めて斜面をごろごろと転がり落ちた。そこは北向きの急斜面でまだ雪が残っていた。足を使って駆け降りるより躰ごと転がったほうが早いだろうと咄嗟《とっさ》に判断したわけさ。この判断のおかげで、沢松との差はふたたび五十米ほどに開いた。

しかし沢松は諦《あきら》めない。わたしの体力が尽きるまでつかずはなれず式に追っておいて、わたしがへばったところを一気に押え込もうというつもりらしかった。

斜面が緩やかになり、そこから杉林がはじまっていた。杉林を肩で息をしながら走杉林を肩で息をしながら走り抜けると沼の岸に出た。それが甚兵衛沼だった。

(……もう限界が来ている)

と、わたしは考えた。

(このまま走っていたのでは、やがていつかはやつにとっつかまってしまう。ここで逃げ方を変えた方がいい……)

よほど疲れていたのだろう、わたしはここで妙なことを思いついた。沼の岸近くまで杉林が迫っているのだが、その杉の木によじのぼって躰を隠そうと考えたのだ。きっとわたしは走るのに飽きていたのにちがいない。

わたしは岸にもっとも近い杉の木にとびついた。鉱山《やま》では、丸太の梯子《はしご》を一日に何十回何百回となく昇り降りしていた。それで馴《な》れていたせいか、木に登る方が走るよりは楽だった。下から二、三番目の枝に足を掛けたとき、沢松が岸に着いた。やつはわたしの真下に立って、周囲《あたり》に注意深く目を配っている。わたしは杉の木の幹にぴったりと貼《は》りつき、息を殺していたが、ふと気付くと、なんと緑色の水面にわたしの姿がまことにくっきりとはっきりと映っているのだ。

(やつが水面の影に気がついたら、すべてはおしまいだ。どうか水面の影にやつが目を付けませんように)

だが、この祈りは神には届かなかったようである。沢松が水面に映るわたしの影を指さして、

『この野郎、とんでもねえところに隠れてやがる』

と叫んだ。

(やはり見つかったか)

わたしはそう観念したが、しかし、沢松は奇妙な動作をはじめた。いきなり上衣と半長靴を脱ぎ捨て、水面に映るわたしの影をめがけて飛び込んだのだ。やつもさすが

にくたびれていたのだろう、水面の影があまりにはっきりしているので、わたしが沼の底に潜んだのだと錯覚したらしいのである。

(しめた！)

わたしは杉の木の幹を滑るようにして降りた。

(これで時間が稼《かせ》げる)

岸に脱ぎ捨ててあったやつの半長靴を持って、わたしは杉林の中を岸に沿ってまた走り出した。

(これでやつは裸足《はだし》だ。山の中を裸足で走るのは骨だ。きっとそのうちに足の裏を痛めて走るどころか歩けなくなるにちがいない)

だいぶ行ってから、わたしの背中をやつの声が追いかけてきた。

『野郎、よくもおれをペテンにかけやがったな。その上、おれの大事な半長靴までくすねやがって……。地の果てまででも追いかけてやる。覚悟しろよ』

わたしの予想は完全に外れた。沢松は鹿《しか》のような速さでこっちへ駆けてくる。沢松の足裏はよほど丈夫にできているにちがいない。

ちょうど岸を半周したあたりで、わたしは杉林の中に一軒の小屋が建っているのに気がついた。屋根も壁もすべて笹《ささ》でできた笹小屋である。

（こんどはあそこに隠れよう）

そう思いついて、これも笹製の開き戸を引くと、小屋の中には人がひとりいた。顔中、ひげだらけ、頭髪も伸びるにまかせた山男だった。山男は囲炉裏に向って手をかざしていた。囲炉裏には熾《おき》が真赤におきており、その上の自在鉤《じざいかぎ》には大きな鉄瓶《てつびん》がかけてあった。

『追われております。どうかかくまってやってください』

わたしは山男の前に手をついて言った。

『お願いします』

山男はじろりとわたしを眺めて、

『だれに追われているのかね』

と訊いた。

『中橋鉱山の監督に、です。そいつは鬼の沢松というあだ名の乱暴者で、捕まったらわたしはおそらく半殺しの目にあいます……』

『……鬼の沢松か』

山男は顎《あご》のひげをゆっくりと撫《な》でてそれからその顎のひげを強く下へ引いた。つまり、顎を振って頷いてくれたわけである。

『茶箱の中に隠れなさい』

山男は小屋の奥にふたつ並べておいてある茶箱の方へ、たったいま振った顎を今度はしゃくってみせた。

『右側の、すこしちいさ目の茶箱の方がいいだろう』

わたしは言われたとおりに、向って右側の、ややちいさ目の茶箱の中に身体《からだ》を入れた。衣類入れにしている箱らしく、底の方に下着が二、三枚入っていた。わたしが背を丸めてちいさくなると、その上に山男が蓋《ふた》をした。

ほんの数秒ほどしてから沢松の声がした。

『やい、たったいま、ここへ男がひとり逃げ込んだはずだ。そいつをどこへ隠した』

『べつに隠しはしない。たしかに男は来たが……』

『来てどうした？』

『裏の雪隠《せっちん》に隠れている』

『……野郎、こんどこそ摑《つか》えてやる。これがほんとうの雪隠詰めってやつだ』

『待て！』

外に飛び出そうとする沢松を、山男が呼びとめたようだった。

『雪隠のまわりには木立ちもなにもない。あんたが近づけばきっと気付かれ逃げられてしまう。それよりどうかね、茶箱の中に隠れていたら?』

『……茶箱だと?』

『そう。左側の大きな茶箱がいいだろう』

わたしは茶箱の中でぎょっとなった。わたしと沢松の二人を茶箱に閉じ込めて、山男はいったいどうしようというつもりなのだろう。

『しばらくしたら雪隠の男には、あんたが諦めて帰ったと報《し》らせることにする』

『それで……それでどうする?』

『それで男を囲炉裏のそばに案内しよう。そして酒でもすすめるとするか。安心して酔ったところを捕えたらいいだろう』

『そりゃありがたい』

わたしのすぐ近くで沢松の声がした。つづいて、隣の茶箱を開く音。

『どっこいしょと……』

『では蓋をするぞ』

『待ちな』

『なんだね?』

『おまえはなぜこのおれに味方してくれるんだ?』

山男がふっふっふと低い声で笑った。

『あんたとはどっかでお目にかかったような気がするからだよ』

『ふうん、おれには憶《おぼ》えはねえが……』

『ま、そんなことはどうでもいい。さ、蓋をするから頭を引っこめな』

ばたん！　という音が聞えたきりしばらく何の音もしない。

と、わたしの周囲がすうっと明るくなった。だれかが蓋を取ったのだ。見上げると山男が唇に人指し指をあてて立っていた。わたしはそっと茶箱から出た。山男は棚から麻縄をひと巻きとり出して、

（二人で茶箱を縛ってしまうのだ）

と、手真似《てまね》で合図した。わたしは頷《うなず》いて山男に手を貸してやった。

『おい、おい、なにをしているんだ？』

縄を茶箱の下に通すとき、箱の中から沢松の声がした。

『いやに揺れるじゃないか』

『雪隠の男が茶箱の中が怪しい、などと思わぬように、いま小屋のすみに移動させているところだ』

『そうかい』

茶箱に十文字に縄をかけおわると、山男は囲炉裏の燠《おき》の中から真赤に灼《や》けた火箸《ひばし》を抜きあげ、

『そうだ、やっと思いだしたよ、沢松つぁン』

と言いながら茶箱にその灼火箸を突き立てた。こげ臭い匂《にお》いがして茶箱に穴があいた。

『あんた、中橋鉱山の監督、沢松だろ？』

『おう、おれはいかにも沢松だが、なんだって穴なぞ明けたんだ？』

山男は灼火箸をぐるぐると回して穴をひろげ、

『なアに息抜きの穴だよ』

『そうか。でもよ、なんだっておれにそう気を使ってくれるんだ？』

『あんたにゃずいぶんお世話になったからねえ、中橋鉱山で……』

『なに？』

山男は自在鉤から鉄瓶をおろし、それを穴の上に掲げながら、

『あんたはおれをよく折檻《せっかん》してくれたよ。おかげでおれの右手の小指は無くなっちまった』

と、うれしそうに言った。

たしかに鉄瓶を持つ山男の右手には小指がなかった。すると、最古参の金大工のいっていた、ただひとり中橋鉱山から逃げ出すことに成功した金田という男は、この山男か。

どしんどしんと沢松が茶箱の蓋を内側から叩《たた》いていた。

『おい、どうしたんだ。開けろ、開けてくれ！』

『いやだね。他人様《ひとさま》の大切な小指を折っておきながら、それも憶えていねえ男なんぞの願い事は聞きたくもねえ』

『ま、まさか？』

茶箱の中の動きが一瞬、停まった。

『お、おめえはあの金田じゃ……』

『そうさ。思い出してくれてありがとうよ』

『こ、こんなところに隠れてやがったのか？』

『ああ、百合《ゆり》の根を掘って、それを料理屋におさめて生計を立てているんだ。では、あばよ』

金田は穴の上に掲げていた鉄瓶をゆっくりと傾けはじめた……」

老人はここで話をやめた。

「沢松は殺されたんですね、その金田という男に?」

老人はぼくの問いに答えてはくれなかった。ただ、

「おっと、一時を過ぎている。あんた、もう帰った方がいいよ」

と、言っただけである。

(ひょっとしたら、この老人、金田という男に協力して沢松を殺してしまったのかもしれない)

ぼくはそう思いながら、犬伏老人の岩屋を出た。

(だから話の最後をぼかしてしまったんだ)

それからしばらくの間、この考えがぼくの頭のなかを支配していた。

鰻《うなぎ》と赤飯

「いったいこれはなんの折詰だね」

初夏のある正午のこと、岩屋の入口を潜って折詰を差し出したぼくに犬伏老人が訊いた。

「どうも赤飯の折詰のようだが……」

「当りました」

うなずいて、ぼくは入口を背に囲炉裏の前に坐《すわ》った。

「今日は療養所の開所二周年記念日なんです。そこでぼくたち職員全員にお祝いの赤飯が配給になったわけです。その折詰、よかったらたべてください」

「しかし、あんたの分がなくなるんじゃないのか？」

「ぼくの分もちゃんと確保してあります」

ぼくはジャンパーのポケットから折詰を一折、取り出した。

「炊事係に親友がいて、彼がひとつ余計にくれたんです」

「そうか。それなら安心して御馳走《ごちそう》になってもいいわけだな」

老人は折詰の蓋《ふた》を取り、蓋の裏にこびりついていた飯粒を舌でぺろぺろと舐《な》めとり

はじめたが、そのうちにふとぼくの顔を見て、

「いま思い出したのだが、赤飯についてはじつに不思議なことがあるのだよ」

と言った。

「もう三十年も前のはなしだが……」

「三十年前？ すると大正時代のことになりますね」

ぼくがその岩手県海岸部に近い山間《やまあい》の国立療養所で働いていたのは、昭和二十八年から二十九年にかけてである。その時点で三十年前の話ということになれば、たしかに大正末期にさかのぼることになるわけだった。

「ここから西へ、つまり遠野の方へ四里ほど入ったところに佐保田《さおだ》という集落があるが、知っているかね？」

老人は赤飯の小豆をひと粒、箸《はし》でつまみ、それを口の中に抛《ほう》り込んだ。佐保田へなら、医療費の請求に二、三度行ったことがあるので、ぼくはうなずいた。その半年ほど前からぼくは医事係を仰《おお》せつかっており、患者の入所費用の自己負担分を取り立てるために、あちこちへ出かけて行くのがぼくの仕事だったのだ。その二、三度訪ねたときの記憶でいえば佐保田は陰気なところだった。まるで死んだような集落だった。

「あそこは大戦争の前まではだいぶ賑《にぎ》やかなところだったんだよ。大きな鉄の鉱山《やま》が

あってねえ」

　老人は折詰に蓋をかぶせた。昼食の前に例によってまた昔ばなしをしてくれるつもりらしい。ぼくも膝《ひざ》の上の折詰を傍《かたわら》へ遠ざけた。赤飯の折詰などより、老人の昔ばなしのほうが、いいにきまっていたからである。

「そのときのわたしは鉱山の事務所の帳面つけでね、毎日、ペンを握って数字ばかり書いていた。退屈だったよ」

「よくわかります。ぼくもいま、その退屈な事務員の生活を送っているんですから」

「ところで鉱山には松尾神社という守り神があってね、初夏と晩秋がその例大祭。鉱山はむろん休みになるし、事務所の前の広場にはサーカスがかかるし、小学校の講堂には浪曲師がやってくるし、神社の境内にはずらりと露店が並ぶし、それこそ、きみたちの療養所じゃないが、鉱山からは赤飯の折詰が出るし、その折詰には二合びんの酒が一本ずつ付くしで、集落のだれもがその祭を楽しみにしていたものだ。事務所の仲間だってそうだ。あるものは祭囃子《まつりばやし》の笛太鼓の名手で、祭の日は朝から晩までおひゃりとーろと笛を吹き、でんでんと太鼓の撥《ばち》を振る、あるものは浪曲大会にもぐり込む。あるものは祭はそっちのけで遠野や釜石へ女を買いに行く。そしてあるものは裏山に登り、草の上にひっくりかえってぼんやりしてすごす……」

「おじいさんはそのどっちだったんです」

「わたしは仲間と裏山に入って鉱山支給の酒をちびりちびりやりながら寝て暮す組だったね。さて、ある年の初夏の例大祭のときのこと、仲間と裏山で酒を飲んでいるうちに、仲間のうちのひとりが、

『おい、みんな、目の前に小さな沼があるが、こうやってただ振舞酒を飲んでいるのも能のない話だ。みんなで沼へ入って魚でも掴《つか》もうじゃないか』

と、言い出した。

わたしたちも退屈していたのでこの意見には賛成だったから、さっそく着衣を脱ぎはじめた。ところが、たったひとり反対したやつがいたんだ。そいつは、顔ののっぺりした古手の会計係のおじさんでね、そののっぺりしたところが鰻《うなぎ》そっくりだったので、あだ名を鰻と呼ばれていたが、この鰻が、

『悪いことは言わない。沼に入るのだけはよせ』

と、猛然と反対するんだよ。

『たしかに目の前の沼は小さい。直径《さしわたし》二十米《メートル》もない。だが底なし沼なんだ。これまで何人もの人間がこの沼で命を失っている』

鰻はこう言うのだ。

『底なし沼なんて在るわけはない』

と、わたしたちも反論した。

『それに、たしかに長い間には沼底の泥に足をとられて命を失ったものもいるだろう。しかし、わたしたちにその心配はない。たとえば長いロープで躰《からだ》を結び、その一端を岸の立木にしっかりと繋《つな》いでおく。そうすれば万が一の場合でも、岸に残っている者がロープを引いて救《たす》け出すことが出来る。万全の用意をしておけば大丈夫だよ』

だが、鰻のやつ、それでも納得しない。とうとう、

『沼の魚を捕ったりしては、この佐保田に災いが振りかかる』

と言いだした。

『江戸の天明年間に大きな飢饉《ききん》があり、喰うに困ったこのあたりの農民が沼の水をかい出して魚を獲《と》ったことがある。だが、その後すぐにこのあたりに疫痢《えきり》が流行《はや》って、住民の大部分がわずか三日ぐらいのうちに死んでしまった。沼の主が怒って祟《たた》ったのだよ』

『沼の主だと』

仲間のひとりが訊いた。

『そんなものがもしいるとして、そいつは何者だい？』

『それはまあ、水の中に棲《す》むものだろうね』

『じゃあ魚かい』

『たぶん……』

『ばかな。魚が怒るものか。魚に心はあるまい』

『いや、魚にも心はある。魚どころか、古下駄《げた》にも、古雑巾《ぞうきん》にも心があるんだ』

鰻は妙なことを言いだした。

『みんなも知っているだろうけど、このあいだ、鉱山の所長の社宅で女中が死んだ。死因は窒息死という以外まったく謎《なぞ》にされているが、でもあれは、女中がまだ充分に使えそうな雑巾をぽいとゴミ箱に捨てちまったのが因《もと》なんだ。つまり、その古雑巾が腹を立ててね、ゴミを捨てにきた女中めがけていきなり飛び上り、彼女の口と鼻を塞《ふさ》ぎ呼吸《いき》を詰まらせてしまったのだぜ』

鰻の顔付があまり真剣なものだから、わたしたちは一旦《いったん》脱ぎかけた着衣をまた身につけた。

『わかったよ。あんたがそんなに言うなら、沼に手をつけるのはよすよ』

そしたら鰻がうれしそうな顔をしたねえ。

『くだらない迷信だと笑い飛ばされるのがおちだと覚悟していたのに、よくおれの言うことを聞いてくれた。そこでお礼といっちゃなんだが、今日はおれがみんなに御馳走しよう。ちょっと家に寄ってってくれ』

先に立ってどんどん歩き出した。

鰻の家は、鉱山と沼とのちょうど中間にあった。もうそろそろ四十歳に手が届こうというのに、奥さんもいなければ子どももむろんいないひとり暮し。しかもやつの家の造作ときたらまるで話にもなんにもならぬ。〝掘立小屋に毛の生えた〟という表現があるが、鰻の家は〝毛の生えた〟どころか、掘立小屋そのままさ。変っているのは、彼の小屋の下を川が流れていたことだ。それも谷川などという清冽《せいれつ》なものではない、流れているのかいないのかわからない緑色に濁った川だった。底が見えないから、どれだけ深いかもわからない。だがわたしの勘では相当に深そうだった。

『妙なところに家を建てたものだね』

と、わたしたちは訊いた。

『床の下が川じゃあ湿気がひどいだろう?』

『想像するほどでもない』

と、鰻は答えた。

『それに便利だ』

『便利？』

『うん。米をとぐのも、野菜や食器を洗うのも居ながらにして出来るからね』

『なるほど。それに床下に釣糸を垂しておけば、鮒《ふな》や鯉《こい》や鰻が釣れるだろう。つまり、おかずが自給自足できるってわけだ』

『おれは魚は嫌いなんだ』

鰻は妙にむきになって否定した。

『おれは野菜しか喰わん』

『それはそうかも知れないな。鰻が鰻を喰っちゃ共喰いだものな』

わたしたちはそう言って笑い合ったが、彼はにこりともせず、蝿帳《はえちょう》の中から芋の煮付かなんか出して、わたしたちに食べるようすすめた。

『ところでこの床下の川は何処《どこ》へ注いでいるのだ？　早瀬川かい？』

早瀬川というのは下流は猿ヶ石川と連絡し、やがて北上川に注ぐ、そのあたり最大の川で、付近の小川はみなこの早瀬川に合することになっていた。だからわたしたちは『そうだよ、早瀬川に注ぐのだよ』という答を予想して、その質問を発したわけさ。だが、予想に反して彼は首を横に振ったのだ。

『床下の川は例の底なし沼に注いでいるんだ。つまり、ここは底なし沼より高いところにあるってわけだ』

『そ、そんな馬鹿《ばか》な、そんなこと信じられないよ。床下の川は幅が三米もある。その川の水が一滴のこらずあんな小さい沼に注ぐとしたら、沼の水は溢《あふ》れてしかるべきじゃないか』

するとl鰻はにやりと笑ってこう答えた。

『だからあの沼は底なし沼だといったろう。底がないのだから、どんな大量に水が流れ込んできても、溢れることはないのだよ』

鰻の語調は確信に満ちていた。わたしたちは彼の自信満々の答えにすこし鼻白み、出してくれた芋の煮付にも手を付けず、早々にその川の上の家を退散した」

老人は囲炉裏の自在鉤《じざいかぎ》に吊《つる》した鉄瓶《てつびん》に手をのばし、湯呑《ゆのみ》に白湯《さゆ》を注いだ。

「さて、それからしばらく経《た》ったある土曜のこと、わたしは鉱山事務所の庶務課長から晩飯に招《よ》ばれた」

たっぷり時間をかけて白湯を飲み終えた老人が再びぼくに向って語りはじめた。

「わしの社宅を訪ねて来んか、釜石から今朝揚ったいかが届いている、そのいかの刺身で一杯やろうじゃないか、と課長が執務中にわたしに耳打ちをしたのさ。課長とは別に親しくもないのに、これはいったいどういう風の吹き回しなのだろうと訝《いぶか》しく思ったが、いかの刺身にちょっと気をそそられて、わたしはその夜、課長の社宅を訪ねた。あんたも同じ意見だと思うが、とれたてのいかの刺身は、この三陸沿岸に住むものでなくては味わえぬ珍味だからね。

ところが銚子《ちょうし》が四、五本空になったころ、課長が急に声をひそめて、

『犬伏君、きみは沼岸君の友人だろう。そこで聞きたいのだが、このごろの沼岸君の様子に特別かわったところはないかね?』

と訊《き》いてきたのだ。沼岸というのは、例の鰻とよく似た顔の会計係のことだ。

『沼岸君とは取り立てて親しいわけでもありませんし、よくわかりませんね』

と、わたしは答えた。

『でも、課長はなんだってそんなことをわたしにお訊《たず》ねになるんです』

『……うむ』

課長はしばらく盃《さかずき》を持った手を宙に浮かせて、わたしの顔を見つめていたが、やがて、

『沼岸君は会社の金を着服しているんだよ』

と、さらに声を低めた。

『金額はたいしたことはないし、彼は会計係で銀行関係への金の納入方、あるいは引き出し方、すべて委《まか》せられていたので、これまで暴露《ばれ》なかったのだが、ここ二年ぐらいにわたって毎月五円前後の金をちょろまかしているのだ』

『……まさか！』

『いや、これは事実なのだ。そこでいま会社側は沼岸君について探っているところなのだが、たとえば、釜石か遠野あたりに女を囲っている可能性はないだろうかねえ』

『考えられませんね。あの人はまるっきり男聖《おとこひじり》のような生活を送っています』

『男聖……？』

『徳の高い坊さんみたいなものです。あの人が女の噂《うわさ》をしているのを聞いたことがありませんよ』

『そういうのが、最も危いのだ』

課長は目許《めもと》に下卑た笑いをかすかに泛《うか》べた。

『鉱山《うち》の所長も女の噂をなさらないお人だが、あれで釜石と遠野の花街に専属の妾《めかけ》がひとりずついるんだからね。まあ、それはそれとして、毎月五円はこのあたりで女を囲うときの相場だ。おれはこの〝毎月五円〟というのにどうも引っかかるのさ。どうだろうね、犬伏君、きみ、ちょっと探偵の役を引き受けてくれまいか』

『探偵……？』

『これからしばらく沼岸君の様子を探ってもらいたいのだよ。たとえば深夜、急に彼の家を訪ねてみる。そして女を引き込んでいる気配がないかどうか確めてもらいたい。また、彼は日曜ごとに釜石や遠野に出かけて行くが、いったいそれはなんのための外出か追跡《つけ》てもらいたい……』

『探偵というよりイヌの役ですね』

『……引き受けてくれれば、次の昇給のときにきみは、ずいぶん有利になるはずだ。給与規定では五十銭上るところが、一挙にその五倍、二円五十銭ぐらいも上るかもしれないよ。どうだね、犬伏君、この仕事、引き受けてもらえるかね』

同僚のスパイをするなんて何とも気のすすまない仕事だ。かといってむげに断われば上層部から睨《にら》まれるに決まっている。わたしはどっちとも決めかねて、課長にこう答えた。

『明後日《あさって》、月曜まで、考えさせてください。むろんお引き受けするにせよ、またそうではないにしろ、このことは親兄弟にも他言はしませんから、その点ではご安心を……』

その夜と、あくる日の日曜、わたしは社宅の壁と睨めっこして考えに考えたが、どうしても結論が出ない、そんな仕事は男のすることではない、断わってしまおう、とまず思う。だが、とたんに断わったあとのことが心配になる。もし断われば陰険な上層部のことだから、以後、わたしをきっとうとんじるだろう。そのころのわたしは、鉱山の事務屋で一生を終ろうと思っていたから、むろん辞める決心もつかない。では出世のためにこの汚い仕事を引き受けようか。しかし、やはりこれは男のすべき仕事ではあるまい……、何回考えても堂々めぐりさ。そのうちこの堂々めぐりに疲れ果て、わたしは社宅から外へ散歩に出た。しばらく歩いてふと気がつくと、いつの間にか、沼岸君の、あの川の上に建つ家の前に立っている。なぜ、そんなところへ来てしまったのか、自分にも判断がつかなかった。しかし現在《いま》考えてみると、やはりあれがいやしい雇われ根性というやつだったのだろうな。そんなことは人間の仕事ではない、と思いながら、やはり、会社のために身体《からだ》が動いてしまっていたのだよ。

（せっかくここまで来たんだ。沼岸君に声をかけて行こう）

わたしはそう思って、入口の戸板をこつこつと叩《たた》いた。がしかし、返事はない。そこで、

（……留守か）

と、引き返そうとしたのだが、そのとき表の道から沼岸君の声が聞えてきた。

『お鯉《こい》さん、さあ、ここだ。ここがおれの家だよ』

だれか連れがいるらしい。お鯉さん、と呼んでいるからには女の連れにちがいない。するとやはり課長の推測が正しかったのか。わたしは足音を忍ばせて、家の前の藪《やぶ》の中に躰《からだ》を隠した。

『ここまでくれば安心だ。まわりには住む人もいない。だから人目を気にする必要もないんだ。しばらく家でのんびりしなさい』

沼岸君はひとりの女の手を引いていた。浴衣《ゆかた》に赤い帯をしめた、年の頃は二十三、四のすごいような美人だった。

『なんとお礼を言っていいのか……』

家の前まで来た女は、急に改まって、沼岸君に頭を下げた。

『あなたがわたしのためにお金を出してくださらなかったら、いまごろわたし、あの〝喜楽〟のお座敷で、酔っぱらいどもの……』

『お鯉さん、そのことはもう忘れなさい』

沼岸君は女の手をとってやさしく撫《な》でた。

『これからのあなたは自由なんです。ここで仕合せにおなんなさい。それが一番ですよ』

女は嬉《うれ》しそうにうなずき、沼岸君にうながされて家の中に入った。

（〝喜楽〟というのはたしか釜石の花街にある大きな料亭のはずだ）

わたしはゆっくりと藪から出た。

（……となると、あのお鯉というのは芸妓《げいぎ》だろう。たぶん、いやなお客に無理難題を吹きかけられていたところを、沼岸君に救われたものにちがいない。つまり、沼岸君が彼女を落籍《ひか》したのだ。その金は、むろん、会社の金だ）

このときの、わたしの気持は、いま考えても妙なのだが、とても爽快《そうかい》だった。男聖そこのけの生活をしていたかに見えた風采《ふうさい》のあがらない中年男が、かげでは花街の常連で、なおかつ芸妓を落籍すという大尽遊び、二重生活もここまでくれば立派なものだ、と思ったわけなのさ。そして同時に、わたしはこのとき、またとない第三の方法を発見していた。つまり沼岸君に『きみの横領を会社の上層部がすでに勘付いている。だから、今日限りでこの土地を捨てた方がいい。どこか他所《よそ》で好いた女と出直しなさい』と進言しようと思いついたのだ。これなら密偵《いぬ》と言われずともすむし、また、彼が逃げてくれれば課長に申訳も立つ。

そこで、わたしは入口の柱を拳《こぶし》で打って、

『沼岸君』

と家の中へ声をかけた。

『だ、だれだ？』

沼岸君の声が返ってきた。当然のことながら、彼の声は硬《こわ》ばっていた。

『おれだ。犬伏だよ』

戸が細目に開いて、沼岸君の、のっぺりした顔が覗《のぞ》いた。

『き、きみか。なんの用だ？』

『きみの横領が暴露《ばれ》かかっているぜ』

と、わたしは言った。

『すぐに逃げた方がいい』

沼岸君が出てきた。

『ほんとうですか？』

『ああ。愚図々々していると捕まっちまうぜ』

『し、しかし、なぜ、そんなことをわざわざ教えてくれるんです』

『所長はおれたちをこき使って儲《もう》けた金で女遊びに夢中だ。だがきみは、その所長の向うを張って女遊びをしている。しかも、所長の金で、だ。なんだか胸のつかえがおりたようだ。気がすっとするのさ』

『このおれが女遊び？』

『隠すことはないさ。こっちはきみがお鯉さんという美人を連れて戻ってくるところをちゃんと見ているんだ。二人で家の中に入るところもね』

『冗談じゃない』

沼岸君は入口の戸をいっぱいに開いた。

『家の中には誰もいませんよ。それにおれと一緒だったのはただの鯉ですよ』

家の中を覗くと、沼岸君の言うとおりで、人の気配は全くなかった。全体が一間で人が隠れていられそうな場所もない。ただ、土間の水桶《みずおけ》の中で一匹の鯉がぱしゃぱしゃと水をはねあげているだけだったのさ。

『今日は釜石へ行ってきたんですがね、〝喜楽〟の前を通りかかると、この鯉がまさに料理されようというところで、それで金を払って引き取ってきたんです。どうも妙な性分で、魚が殺されるのを見ていられない質《たち》なんですよ』

茫《ぼう》として突っ立っているわたしにそう言うと、彼は鯉を摑《つか》み出し、ぽいと川へ投げた。

ぱしゃっ。

水音があがって、鯉は緑色の川水の中へ姿を消してしまった。

『おかしい。たしかにおれは女の姿を見たのだが』

『気のせいじゃないですか』

彼は濡《ぬ》れた手をズボンで拭《ふ》いた。

『ところで犬伏君、横領のはなしは事実だよ。おれの趣味はいま言ったように、鮒や鯉を買ってきて、それをこの川に放してやることなのだが、その資金に困って、会社の金に手をつけてしまったのさ。われながらへんな趣味だよねえ。……とにかく教えてくれてありがとう』

わたしは狐《きつね》に鼻をつままれたような思いで、社宅へ戻ったが、そのあくる日から沼岸君の姿は見えなくなってしまった」

老人はここでまた鉄瓶の白湯《さゆ》を湯呑《ゆのみ》に汲《く》んだ。

「ただの鯉が女に見えたなんておかしいですね。おじいさんはよほどどうかしていたんだ」

「かもしれん」

老人は空にした湯呑を静かに床の上に置いた。

「ひところは鉱山中が沼岸君の噂で持ち切りとなったが、それもやがて下火になり、忘れ去られ、やがて、鉱山の松尾神社の秋の例大祭がやってきた。わたしたちはまた例によって赤飯の折詰と酒を持って、裏山へ出かけたが、そのとき、誰からともなく、

『こんどこそ、沼の魚をとってしまおうじゃないか』

という話が出た。

『初夏のときは沼岸に反対されて、中途で沙汰《さた》やみになったが、こんどはやつはいない。ひとつ、沼に底があるかないか、一滴のこらず水をかい出してみよう』

とまあこういうわけだ。

さっそく、鉱山備付けのポンプが沼の岸に引っぱり出された。ホースを何本も繋《つな》いで、沼の水が鉱山の近くの川へ流れるようにし、いよいよ沼の水のかい出しがはじまる。

ところが、沼の水が半分ほどに減ったころ、坊さんがひとりやってきて、わたしたちにお説教をはじめたのさ。

『およしなさい無益な殺生はおよしなさい』

『べつに無益なことだとも思いませんがね』

とわたしたちは答えた。

『沼の魚はこの集落の人たちに配るつもりなんだ。つまり、集落の人たちの食膳《しょくぜん》を賑《にぎ》

わすわけです。これは悪いことだとは思いませんがね』

『しかし、水をかい出せば親魚はともかく小魚まで死んでしまう。小魚など膳の物にもなるまい。それに、なんといっても生き物の命を取るということは、じっに罪深いことです。なあ、思いとどまってくださらんか』

『うるさい坊さんだな』

わたしたちは坊さんがすこし邪魔になりだした。

『この沼はここの集落のものだ。つまりあんたにゃ関係ない。さあ、折詰の赤飯を差しあげる。それでも持って、とっとどこへでも行ってください』

だれかが坊さんに赤飯の折詰を渡した。坊さんは折詰を手に持ったまま、なおしばらく、わたしたちがポンプで沼の水をかい出すのを見ていたが、やがて、

『やはり、殺生はおやめにならぬつもりのようですね』

と、深い溜息《ためいき》をひとつ吐《つ》いて、とぼとぼと去っていってしまった。

それから数時間、ポンプを動かしたが、沼の底はなかなかあらわれてこない。そのうちにあたりがすこし暗くなってきた。

(……これはひょっとすると二日がかりの仕事になるかもしれないぞ)

わたしたちはすこしいやな気分になった。次の日からはまた朝から働かなくてはならない。だからなんとしても、一日ですべてをすませてしまいたかった。

とそのうちに突然、だれかが叫んだ。

『見ろ！　底が見えてきたぜ』

わたしたちはポンプを動かすのをやめて、沼を見た。夕陽が赤々と沼の底を照していた。目を凝して見ると、沼の底はぶつぶつぶつぶつと音をたてながら小さな波を立てていた。

（……底に波が立つはずはない）

そう思ってさらによく見ると、それは波ではなかった。鰻《うなぎ》や鯰《なまず》や鯉や鮒《ふな》などのはねているのが波のようにわたしたちの眼には映ったのだ。

『なんだ、あれは』

またただれかが叫んだ。

『真中へんに丸太ん棒のようなものがにゅるにゅる動き回っているぜ』

それもじつは丸太ん棒ではなかった。直径《さしわたし》が一尺、長さが八尺ほどもある大鰻がのたうっているのだった。

それからはみんな夢中だった。用意してあった網で魚を捕りつづけた。魚はバケツに五十杯以上もあって、すべてを捕り終えたのはあくる日の朝だった。むろん、大鰻も捕えた。だが、その大鰻を岸に引っぱりあげて、まじまじとそいつの顔を見たときは、みんなぞっとなってしまったねえ」

老人はしばらくの間、黙っていた。

「ど、どうしたんです」

ぼくは話の先をせっついた。

「その大鰻がどうかしたんですか」

「うむ」

老人はやがてゆっくりとうなずいた。

「その大鰻の顔付ときたら、行方を晦《くら》ましていたあの沼岸君とよく似ていたのだよ」

「まさか」

「いや、ほんとうなのさ。しかも、不思議なことがもうひとつあった」

「……というと」

「その大鰻を輪切りにしたところが、腹の中から赤飯が出てきたのさ」

「赤飯……。まさか無益な殺生はよしなさいと言ってとめたあの旅の坊さんが大鰻だったんじゃあないでしょうね」

「いや、旅の坊さんが大鰻だったのだよ。というのは沼から数珠《じゅず》や笠《かさ》も見つかったのだからね」

「すると、鰻とそっくりの沼岸という会計係、旅の坊さん、そして沼の主の大鰻、この三者が同一人物、というか同一鰻というか、言ってみればそういうものだった、とこうおじいさんは思っているわけですか」

「それ以外に考えられない。沼岸君は沼の主だったのだ。だから、会社の金を着服し、その金で付近の、殺されそうになっていた魚を買い集めていたんじゃないかしらん。それが沼の主である彼の使命だったのだ。そして彼に命を救われた魚は、あの川を下って沼に落ちのび平和な毎日を送っていた」

「そ、そんなことがあってたまりますか」

と、ぼくは言った。

「いくら神通力を得た鰻でも、人間に化けて会社勤めなんかできるものですか」

「信ずる信じないは人の勝手だよ」

老人は赤飯の折詰の蓋《ふた》をとった。

「わたしは実際にあったことを、つまり事実を、ありのままに話しただけなのだからね。おっと、後日譚《ごじつたん》を話すのを忘れていた。その佐保田という集落はそれから間もなくすたれてしまったよ。まず、鉱山から鉄鉱石が出なくなってしまった。おまけにダイナマイト倉庫が爆発したり、疫痢《えきり》が流行《はや》ったり、ありとあらゆる災難が、それから一年の間につづけざまに起ったのさ」

老人は赤飯に箸《はし》を突き立てた。

「わたしといっしょに沼の水をかい出した連中は、それから一年の間にひとり残らず死んでしまった。わたしだけがこうやって生き残れたのは、沼岸君に恩を売ったおかげだろうと思うよ。わたしが『横領は暴露《ばれ》かかっている、早く逃げなさい』と言ったのを、彼は憶えてててくれたのだろうね」

犬伏老人にならって、ぼくも赤飯の折詰を開いたが、大鰻の腹から赤飯が出てきたのだよ、という彼の言葉が心に引っかかって、どうにも箸をつける気にはなれなかった。

狐穴

釜石市郊外の山間《やまあい》の国立療養所で事務雇として三度目の秋を迎えたころ、やめてしまおうと考え、しかし万一の場合に備えて休学の手続きだけはしておいた東京のさる私立の文科大にぼくは「今秋より復学したい」という手紙を書いた。やめてしまおうと思ったのは、前にも書いたように、働いて学資を貯えながら受験勉強に打ち込み、どこのでもよいからとにかく医学部というところに入ろうと目論《もくろん》でいたからだけれども、そううまくは問屋がおろしてくれなかった。国語や英語は独学でもなんとかなるが、数学となると独り手習ではどうにもならず、その春に受験した某国立医大と某私立医大の数学の答案用紙はヒマラヤの処女峰の頂上よりもまっ白で、一次試験にさえかすりもしなかった。そこでぼくは自分の脳味噌《のうみそ》に見切りをつけ、「万一の場合」のために温存しておいた元の文科大に戻ることにしたわけだ。

そのころは、現在《いま》のように、医術と蓄財術とはシャムの双生児であると信じ込んでいる人非人《ひとでなし》がそう多くはおらず、古めかしいけれども高貴で香高いあの格言「医は仁なり」にまだ市民権が認められていた。しかもぼくは毎日、結核患者のなかで暮していたから、心の底から「たとえ一生貧乏医者で終ってもよい。なんとかして病気に取っ摑《つか》まっている不幸な人たちの縋《すが》り杖《づえ》になりたいものだなあ」と考えていた。これは若者にありがちな未熟で青臭い感傷であり鼻持ちならない博愛主義だったが、それでも拝金主義よりはましだったろう。自分の頭の悪さを棚上げにし、そしてまたいくらか自分の肩を持っていえば、ぼくのように心底から医師を志望していた青年を数学の点数が悪いという理由で医学の門から門前払いを喰わせたあの試験制度というやつは、現在《いま》の寄付金の多少によって合格不合格を決める醜悪な慣習ともども、豚に喰われて死んじまえ、である。それとも外科手術のときにたとえば三角函数《かんすう》などというものが必要なのだろうか。「余は患者のおへその下を真一文字に十二糎《センチ》切開せり。切開口の両端をおのおのA、Bとし、Bより切開線ABに対して直角になるようさらに六糎切り開き、その先端をCとした場合、角BCAは何度の角になるや。この角が三十度以上ならば、この胃潰瘍《いかいよう》手術はほとんど成功したといってよろしい」という按配《あんばい》式になっているなら医師志望者に対する数学試験の結果は重視されてよいだろう。しかし切開手術担当医に要求されるのは、いかに迅速的確にメスを扱うことができるか（これについては自信がある。ぼくは料理は苦手だが、それでも、大根を千一本に切り刻むことは上手《うま》い。療養所の野球部の合宿で炊事当番に当ったとき、ぼくは正確に素速く数本の大根を切り刻み、一塁手で主将だった療養所の青年外科医に「きみ、じつにあざやかだねえ」とほめられたぐらいなのだ）、患者の血を見たり浴びたりしてもメスを投げ出して失神したりしないだけの強靭《きょうじん》な神経を持ち合わせているか（これも委《まか》せておいてもらいたい。少年時代のぼくがもっとも熱中した遊びは、他の少年たちも同様に好んでいたけれども、青蛙《あおがえる》を摑えてその尻の穴に藁《わら》の管《くだ》を差し込み、息を慎重に吹き込むことだった。だれがもっとも大きく青蛙の腹を脹《ふく》らますことができるか。ぼくらはおやつの黒飴玉とそれぞれの名誉を賭《か》けて競いあったものだが、たとえ青蛙の腹の皮がぱちんと弾《はじ》けて内部《なか》の臓物があたり一面に飛び散ろうとも、ぼくは一度だって失神したことはなかった。この一例をもってしても、ぼくの神経がいかに強靭であったかがわかるだろう。むしろぼくはほとんど無神経な人間だといってよいほどだった）、患者の体内の臓腑《ぞうふ》を瞥見《べっけん》して、たとえばこれが十二指腸でこっちが膵臓《すいぞう》であるなどと、それまで頭の中に貯《たくわ》え込んでおいた知識と実物とを正確に照合することができるか（これについてはもう絶対的な自信がある。女性の下半身――それも生れたときと同じように一糸もまとわぬ、生れたときとちがうとすれば発毛の有無のみの――を間近に観察する機会を得たのは、高校の卒業式の前夜、仙台市の特飲街の、とある三畳間の二十燭光《しょっこう》ほどの薄暗い電光の下でであったが、ぼくはその部分を一瞥《いちべつ》しただけで――異常といってよいほどの昂奮《こうふん》状態にあったにもかかわらず――学校の帰りに本屋で何十回となく立ち読みした通俗性科学書の解剖図と眼下の部分との相関関係を一瞬のうちに把握《はあく》し、たとえるならば地図と実景との照合、もしくは重ね合せを終っていた）といったような能力であるはずで、括弧《かっこ》でくくって詳説した如く、ぼくにだって藪《やぶ》より一階級下の筍《たけのこ》医者ぐらいにはなれる素質があっただろう。

がさてそれはとにかく、大学から「復学を許可する」という葉書を貰《もら》うとすぐ、ぼくは所長宛《あて》に退職願を提出した。これはすんなりと受納された。ということは、だれひとりとしてぼくの事務処理能力を買ってくれていなかったわけだけれど、九月中旬《なかば》のある午後、所長や事務棟の上司同僚に挨拶《あいさつ》をすますと、その日の朝、町の食料品店で買い求めた天婦羅《てんぷら》油を一罐《かん》かかえて、ぼくは犬伏老人の岩屋へ向った。天婦羅油は老人への贈物だった。というのはその前日、老人に、「いつもおもしろいはなしを聞かせてくださってありがとう。おかげでこの二年間、退屈せずにすみました。お礼といってはなんですが、ご希望のものがあったらおきかせください」とたずねたところ、たちどころに「それなら天婦羅油を一罐所望したい」という答が返ってきたからである。そのとき老人は「岩屋での起き臥《ふ》しはさすがに軀《からだ》が冷える。ときどき油でも舐《な》めないことには保《も》たないのだよ」と付け加えた。

（上京すればしばらくこの道ともお別れだ）

と、岩屋に着くまでに数回、ぼくは立ち止まって路傍の小草を意味もなく眺めたり、両側の山の斜面へ目をやったりしたが、ふと妙なことに気づいた。老人の岩屋のある山の斜面のあちこちに、直径《さしわたし》五十糎ほどの穴が七つ八つ散らばっているのだ。どの穴も草で半分ほど覆《おお》われている。

(この二年間、岩屋へは週に最低一回は通っている。それなのにこれまで穴に気付かなかったのはどうしてだろう)

油の罐を地面に置いてぼくは考え込んだ。山の斜面を改めて観察すると、先週まではうってかわった一種の明るさが滞っているように思われる。真新しい切株に、下生えの草の上に転がる杉や松の幹。

(あ、斜面の立木を伐《き》ったんだな)

斜面の明るいのにはじめて合点がいった。

(いままで穴は立木に隠れていたんだ)

油の罐を持ちあげ、斜面の穴へ目を向けながら歩いて行くと、

「あれは狐穴《きつねあな》だよ」

と、老人の声が行手でした。

「いわば狐の巣だね。かつてこの山は狐の団地だったのだよ」

「かつてといまはいないんですね」

ぼくは岩屋の入口に着いた。

「ああ。療養所ができるという噂《うわさ》が立ったとたん、みんなどこかへ姿を消してしまった。五葉山《ごようざん》へでも逃げ込んだのだろう」

五葉山というのは釜石市と大船渡《おおふなと》市との境に聳《そび》える標高一三四一米《メートル》の山で、北上高地きっての名山だ。猿や鹿《しか》や羚羊《かもしか》の棲息地《せいそくち》としても聞えている。

「狐が棲《す》んでいたころのこのあたりはじつにおもしろかったねえ」

老人は岩屋に入って囲炉裏の向うにあぐらをかいた。ぼくはこちら側に坐《すわ》り、油の罐を老人の横に置いた。老人は片手をあげてぼくを拝み、やあこれはこれは、と言った。

「どうおもしろかったんですか」

「たとえば狐釣。地鼠《じねずみ》をこの天婦羅油で揚げて虎弾きに引っ掛けておく。地鼠の天婦羅は狐の好物でね、あれほど利口で警戒心の強い狐がばたばた引っ掛ってしまう。じつにおもしろかった」

言葉とは裏腹に老人の表情は悲しそうだった。

「ほかにもおもしろいことがある。狐はあれでなかなか愛嬌《あいきょう》のある生き物でね、ときどき人間に隠し芸を披露してくれるのだよ。だから狐穴の近くにいると退屈しない」

「隠し芸というと?」

「化けるのさ。さまざまなものに化けて山に住む人間をたのしませてくれる」

「それは信用できないな」

「ほう、なぜかね」

老人はいかにも心外だといったような顔になった。

「おじいさんのはなしはおもしろいけれど、ときどきはなしの辻褄《つじつま》が合わなくなる」

ぼくはズボンの後のポケットから手帖《てちょう》を抜き出し、頁《ページ》を繰った。

「これにおじいさんのしてくれたはなしを残らず書き留めているんですけどね、そう、『雉子娘《きじむすめ》』、これがまったく眉唾《まゆつば》なんだなあ。狐が人を化かすというのも『雉子娘』と同じようにあてにならないんじゃないのかな。もちろんぼくはおじいさんを非難しているわけじゃないんです。狐は化ける。はは あなるほど。とそれでいいんだけど……」

「『雉子娘』のどこがどう眉唾なんだね」

老人は自在鉤《じざいかぎ》にかかっていた鉄瓶から湯呑茶碗《ゆのみぢゃわん》に白湯《さゆ》を汲《く》み、口先を狐のように尖《とん》がらせてふうふう吹いた。

「おじいさんはいまおいくつです?」

「六十一か二だろう」

「ところが『雉子娘』のなかでおじいさんはこう言っている。昭和初年の大不況で父親が破産したが、そのとき自分は高等学校の生徒だったと。ということは、昭和四、五年のころ、おじいさんは二十歳前の青年だった。そして現在《いま》は昭和三十年。『雉子娘』のなかでおじいさんの語ったことが正しいとすると、おじいさんの現在の年齢は四十五、六歳でなくてはならないんです。ところがおじいさんはたった今、六十一か二だろうとおっしゃった……」

老人はにやにやしながら白湯を啜《すす》っていた。

「辻褄の合わないところはまだまだあります。たとえば『鍋《なべ》の中』……」

「待ちなさい」

老人は空になった湯呑を囲炉裏の縁にことんと置いた。

「わたしのはなしはすべて事実なんだよ」

「し、しかし」

「わたしのはなしに辻褄の合わないところがあるとすれば、それはわたしが自分のある一面しか語っていないからだろう。今日は最後だ。ひとつわたしのすべてをはなしてあげよう。それですべての辻褄が合うはずだ、たぶんね」

老人はしばらく両手で何度も顔を擦《こす》りながらなにか考えているふうだったが、やがて低い声でこうはなしだした。

「戦争中のことだ。わたしたちは軍の命令でこのあたりの山に籠《こも》って松の根ッ子を掘っていたことがある。掘り出した松の根ッ子は飛行機を飛ばすために使う松根油《しょうこんゆ》の原料にするわけだが、たしか戦争の終る前の年の秋だったと思う、わたしが仲間と一緒に寝泊りしていた小屋から松林まで歩いて行くその途中……」

「狐が化けて出たんですか」

「そう先を急いではいけないよ」

老人は苦笑した。

「用を足しているうちに仲間から遅れてしまったのさ。どこで道を間違えたのか、行けども行けども仲間たちに追いつかない。それどころか、仕事場である松林にも行き当らぬのだ。二時間近くも歩きまわるうち、さすがにへたばってしまい、折よく谷川があったから、そこへ降りて水を飲み、顔を洗ってひと息入れたが、そのときだった、谷川の水の音の間を縫うようにカラカラ、カラカラ、カラカラと、糸車の音が聞えてきたのは。

（この近くに人家があるらしい。糸車の音の大きさからしてそう遠くではないようだ）

わたしはそう考えて、谷川から糸車の音のする方へ登っていった。山の斜面を百米も行くと平らなところへ出た。その平地は二百坪ほどの広さで、真中に小屋がひとつ建っていた。小屋の前に大きな糸車が置いてあって、白い手がゆっくりとそれを回している。

（白い手か。女だな）

眼を皿のようにして糸車の回し手を見ると、これが残念ながら顔を伏せているので、女であることは間違いないにしても、娘なのか、老婆《ろうば》なのか、はたまた少女なのか判然としない。

『少々ものを伺います。この近くに松の根掘りの現場があったと思うのですが、ここからその現場へ行く道をご存じありませんか』

声高に訊《き》きながら糸車の方へ近づいて行くと、あと十米ぐらいのところで糸車の回し手がひょいと顔をあげた。これが佳《い》い女でね、年の頃なら二十六、七、色白の瓜実《うりざね》面《がお》で、長い髪を櫛《くし》でくるくるっと無造作に巻いて頭の上にのっけていた。切れ長の眼がわたしを見て笑っている。

『松の根掘りの現場でしたら、わたしの背にしている峰をお越えなさいな』

声がまたいいのだ。明るい陽気な声音だが、それだけではない。明るくて陽気な、という形容と矛盾するようだが、しっとりと潤《うる》んでいる。すこしばかり下品な表現かもしれないが、男の下腹部へ直接《じか》に響いてくるような艶《いろ》っぽい声だった。

『その峰を越えてまっすぐ二百米もくだれば、現場に出ましてよ』

言い終って、女はなにがおかしいのか、糸車から離した手の甲で口を覆いながらくすくすっと笑った。

『わたしの顔に落葉かなんかくっついているとでもおっしゃるのですか。それがおかしいので……？』

わたしが訊くと、女は白く長い頸《くび》を横に振って、

『いいえ』

と、答え、

『あんまりすてきな松茸《まつたけ》だものだから、つい……』

また、くすくす笑い出す。この地方では松茸は男性の陽物を意味する陰語だから、わたしはぎくっとなった。しかも、女の視線はわたしのズボンの股間《こかん》のあたりに彷《さまよ》っている。

当時のわたしは自分で言うのもなんだが、男としてもまだ現役、魚心あらば水心、思わず雄心鬱勃《うつぼつ》として起り、

『おほめにあずかって恐縮です。しかし、わたしの松茸は形がいいばかりではないのです。味がじつは麓《ふもと》の女子衆の間では評判で……』

と答えてしまっていた。初対面の女性によくもまあずけりとあんな際《きわ》どい台詞《せりふ》が言えたものだと、今でも思い出すたびに冷汗が出るが、とにかくわたしはそう言った。

すると女は白い顔にたちまち紅葉《もみじ》を散らして、

『あら、まあ』

ますます高い笑い声をあげた。

『あなたの松茸のことを言ったんじゃありませんわ。わたしはあなたの足許《あしもと》に松茸が顔を出している、と申したのです』

下を見ればなるほど、足許の松のひげ根の横の、湿った土がわずかに隆起し、その土に亀裂《きれつ》が入っている。亀裂に指を突っこんでほじくってみると、長さ四寸ほどの松茸が出てきた。

『こりゃどうも』

わたしは掘った松茸を女に手渡し、顔を赤くしながら小屋の背後の斜面を駈《か》けあが

り峰を越えた。女が教えてくれたように、松の根掘りの現場はその峰からすぐのところにあった。

『いまし方、あの峰の向う側の平地で凄《すご》い美人に逢《あ》ったよ』

松の根掘りの仲間たちにさっそく注進すると、庄さんという年寄がにやりと笑った。

『また、あいつが出る季節になったか』

『あいつが出る季節……？　あいつというところを見ると、庄さんはあの女を知っているのかい』

『知っているよ。わしはこんな松の根っ子掘りをする以前から、このへんの山にはちょくちょく出入りをしているのだがね、山の仲間の間ではあの女は有名なんだよ』

『というと、あの女になにか曰《いわ》くでも……？』

『ああ、大ありさ』

庄さんはまたにやにやっと笑った。

『あの女は人間じゃない。じつは狐なのだよ』

そう言われてみれば、たしかにこんな山の中、釜石から半日、遠野から一日もかかる山の中に、あんな美形がひとり暮しをしているのは妙である。しかも、見ず知らずの男に何の警戒心も持たぬというのも度胸がありすぎて怪しい。そればかりではない、近づいてくる男の股間にはっきりと眼を据えるというのも、女としてはたしなみに欠ける。もうひとつ言えば、女らしからぬ図太さである。ひょっとしたら、あの女は庄さんの言うとおり、狐かもしれない」

「で、その女狐がどうしたんです。それとも話はそれっきりですか」

「まあ、待ちなさいって」

老人は両手をあげてぼくのせっかちな質問を封じた。

「はなしはこれからだよ。それから数日たったある夕暮れ、わたしたちは山をおりた。当時は『月月火水木金金』などというコトバがあって聖戦を完遂するまでは前線の兵士も銃後の国民も、一日たりとも各々の持ち場を空けることはならん、ということになっていたが、しかし、ここいらは山の中のそのまた山の中、十日に一日ぐらいは仕事を休み、家に帰ってのんびり過すという贅沢《ぜいたく》はまだ許されていた」

ぼくは火箸《ひばし》で灰に狐という字をいくつも書きながら、老人の話に耳を傾けていた。岩屋の外にひとしきり秋風が立ち、すすきがさやさやと鳴っている。

「わたしが山の中の泊り小屋を出たのは午後の四時ごろでね、秋の陽は早く沈むから、日の暮れる前になんとか釜石市の入口の小佐野という村落へ辿《たど》りつこうと思い、かなりの速足で山道を歩いていた。仲間のほとんどはわたしより先に山をおりていたから、まったくのひとり道中さ。秋の山道の日暮れどきというやつは、なかなか風情《ふぜい》のあるものだが、しかし、心細い感じのすることも事実でね、大の大人がみっともない、と言われればその通りだが、そのときのわたしは妙な臆病風《おくびようかぜ》に追い立てられて、ほとんど駈足になっていた。

泊り小屋を出て小一時間ほど歩くうちにすすきの林にさしかかった。すすきの林とはすこし大袈裟《おおげさ》だが、このあたりのすすきは人の背丈よりも高いから、林と名付けた方がより実感がある。さてそのすすきの林にさしかかったときだった。前方で人の話し声がした。旅は道連れ世はなんとやらで、これは心強い、小佐野まで一緒に道中しようと思い、さらに足をはやめるとやがて前方に話し声の主の後姿が見えてきた。ひとりは男、ひとりは女だった。が、女には見おぼえがあった。白く長い頸、さっとまとめた束ね髪、あの糸車の女に相違ない。

『大船渡から釜石へと道を急いでいるものですが、この道を行けば小佐野へ出ますね』

男の声はまだ若い。

『大船渡で詳しく道順を訊いてきたのですが、どうも心細くなりましてね、それで貴女《あなた》が前を歩いていらっしゃるのを見て、こうやって声をお掛けしたわけなのですが』

『この道をただ道なりにいらっしゃれば小佐野へ出ますわ』

　糸車の女は例の潤んだような声で答えた。

『あと、二時間も歩けばもう小佐野の灯が見えるはずですわ』

『それを聞いて安心しました』

　男は吻《ほっ》として折り畳んだ手拭《てぬぐい》で額の汗を抑えた。ここいらの男どもとはちがった上品な身のこなし方である。

『わたしの家はこの先三十分ぐらいのところにありますの。そこまでご一緒しましょうか』

　女は男の顔を下から見上げた。わたしと彼等との間の距離は約半丁。しかし、彼女の眼許に泛《うか》んだ媚《こ》びには半丁うしろのわたしにさえたしかに感じとられるような勁《つよ》さがあった。

『もしも御迷惑でなかったら、ですけれど』

『願ってもないことです』

　男は女と肩を並べて歩き出した。

『あなたのような美しい女《ひと》とたとえ三十分でも一緒に歩くことが出来るなんて光栄で

すよ』

二人の後をわたしはつけて行った。なぜ二人と合流しなかったか、その理由はふたつある。ひとつは彼等の間にははじめて出逢った仲であるとは信じ難いほどの親密さがあって、その親密さにちょっと気押されてしまったこと、もうひとつは、『この先三十分ほどのところにわたしの家がある』と明らかに女は嘘《うそ》を吐いているが、なぜ嘘を吐いたのか、その真意をさぐってやろうと思ったこと。

『釜石にどんな御用がおありですの』

女はなお男の顔を見上げながら、ゆっくりと歩いて行く。

『きっときれいな女《ひと》があなたを待っているんでしょうね。憎らしい』

『まさか』

男は立ち止まって咥《くわ》えた煙草《たばこ》に燐寸《まっち》を擦る。

『製鉄所の管理職をやっている男のところへ姉が嫁いでいるんですよ。久しぶりで姉と逢えるというので、仲間より一日はやく大船渡を発《た》ったのです』

擦った燐寸を女が両手でかこってやっている。男は女の手を軽く握って煙草に火を点《つ》け、うまそうに一服喫《す》いつけ、また歩き出す。が、図々《ずうずう》しいことに、片方の手は女の手を握ったままだ。

『お仲間？』

『ああ、巡回演劇隊のね。仙台、石巻、女川《おながわ》、気仙沼、大船渡と一日の休みもなしに回ってきたところなんですよ。珍しく今日は休みで、演劇隊の連中は大船渡で今日は一日中ごろごろして過しているはずです』

『じゃあ、あなたは役者さんなのね』

『まあ、そうです』

『道理で凛々《りり》しくていらっしゃる。わたしが一目でぼうっとなったはずだわ』

男がまた立ち止まった。手を握ったまま、きっと女の顔を見つめている。

『そんなことをおっしゃっちゃァぼくは本気にしてしまいますよ』

男は道端に煙草を捨てた。

『逢ってからまだ三十分かそこらしか経っていないのに、こんなことを言うと、ひとは笑うかも知れないが、ぼくは、その、なんて言っていいか……』

『その先はおっしゃらないで』

女が男の手をやさしく振りほどき、

『男と女の事柄に露骨はいけませんわ』

ほどいた手で静かに男の口に蓋《ふた》をした。

『家にはわたししかいませんの。お茶を差上げますわ。そしてそれからゆっくり……』

『ゆっくり……？』

『ええ。好き合った男と女ならかならずすることをゆっくりと、そしてたっぷりと……』

言って女は道の向うを指さした。

『もうすぐ家《うち》ですもの。五分とかかりませんわ。草の中であんなことしちゃ、おたがいに躯中《からだじゅう》が切り傷だらけになってしまう。すすきの葉や萱《かや》の葉は刃物のようによく切れるわ』

『す、するとあなたは、ぼくを受け入れてくれるんですね』

『ええ、よろこんで。できたら泊ってらしてよ。あ、でもお姉様のお家へいらっしゃるんでしたね』

『もうこうなったら姉なんぞどうでもいいんです』

女はうれしそうにうなずき、こんどは自分の方からしっかりと男の手を握った。そしてぐいぐいと男を、すすき林の中の一軒家へ引っぱって行く。

（はてな？）

わたしは首を傾《かし》げたね。わたしにとってその道は通い馴《な》れた道でね、どこになにがあるかは、だいたい承知していたのだが、どう考えても、すすき林の中に家が建っていたとは思えない。すすき林の一部を小佐野の百姓が田に拓《ひら》いており、そのために小さな肥溜《こえだめ》が用意してあったことは知っていたが。

（おかしい）

わたしはこっそりその家へ近づいて行った。どこにでもある百姓家だが、きちんと手入れが行き届いている。軒端には皮を剝《む》いたばかりの柿が簾《すだれ》よろしくぶら下っていた。庭先では鶏がコッコッコッと啼《な》きながら地べたに落ちた餌《えさ》をついばんでいる。縁側には黒猫が寝そべっていて、わたしが近づくのをぎろりと目を光らせて見ていた。どう考えても一夜のうちに出来たような家ではない。

（ずっと前からこの家は、ここにこうして建っていたのだ。それに自分は気がつかなかっただけらしい）

そう考えながらなおも縁側へ近寄って行くと、障子の内側から、

『さアさ、まずお茶を召しあがれ』

という女の声。

わたしは縁側に膝《ひざ》をつき、左手で柱をおさえて軀を支え、右手の人差指を口の中に

入れた。そしてたっぷりと唾《つば》で湿した指を障子に突き立てた。

ずぶ。

指が障子紙を貫いた。指を抜き、わたしはその穴へそっと右眼を近づけていった。すこしずつ部屋の中が見えてきた。右眼が障子の穴を通して部屋の中を隈《くま》なく捉《とら》えたとき、わたしは思わず心の中であッと叫んだ」

ここで老人は手にしていた湯呑茶碗《ゆのみぢゃわん》をぽんと畳の上に置いた。

「ほんとうにあのときは驚いたねえ」

「な、なにを見たんです?」

はなしに引きずり込まれてぼくの口の中はからからに乾いている。訊《き》く声が自分でもおかしいと思うぐらい嗄《しゃが》れていた。

「障子の内部は、すすきの林だった」

老人は例によって持たせっぷり、煙管《きせる》にゆっくりと刻み煙草をつめ囲炉裏の火で吸い付け、

「つまり向う側は原っぱだったのさ」

と、一気に紫煙を吐き出した。

「す、すると……？」

「女の着物の下から焦茶色のふさふさしたものが出ている。これは尻尾《しっぽ》だ」

「じゃアやはり狐《きつね》だったんですか」

「そういうわけさ。むろん尻尾は女の軀にさえぎられて、男の目からは見えぬ」

「そ、それで？」

「男は手に笹《ささ》の葉でこしらえた、へんな容器《いれもの》を持っていた。そしてその容器を目の高さまで掲げ、

『ふうん、これはただの湯呑茶碗じゃないですね』

などと言いながら鹿爪《しかつめ》らしくしきりにこねくりまわしている。

『さぞや、由緒《ゆいしょ》のある湯呑茶碗にちがいない。ぼくはそう睨《にら》みましたよ』

『さすがお目が高いこと』

女は嬉《うれ》しそうに笑った。が、そのとき彼女の口が耳まで裂けた。それはほんの一瞬のことだったが、わたしはそれをはっきり見たよ。

『それは笹右衛門の作ですの』

『笹右衛門……？』

『ほら、有名な柿《かき》右衛門《えもん》の弟子です』

『ほうほう、なるほど』

なにがほうほうだ、とわたしは思ったね。女狐にいいように手玉にとられているのに、なにがなるほどだ。わたしは必死の思いで吹き出すのをこらえていた。

『もう一杯、いかが』

『いただきます』

男は笹の葉の容器を女の目の前に突き出した。

『長い間、歩いていたので咽喉《のど》が乾いてどうにもなりません。どうかなみなみと』

『はい。ではなみなみと』

女は傍へ柄杓《ひしゃく》を突っ込んだ。よく見ると柄杓が突っ込まれたあたりは肥溜《こえだめ》だった。女は肥溜の中を、がぼがぼ、がぼがぼと数回かきまわし、そろりそろりと柄杓を引き上げ、その中身を男の持つ笹の葉の容器に注ぎ込んだ。

『うーん、いい香りだ』

男は両眼をうっとりと閉じてひと呼吸、それから一息にそれを飲み干した。障子の穴から覗《のぞ》いているわたしには、座敷がじつは青天井の下の草の上、湯呑茶碗が笹の葉で作った容器、急須が柄杓、お茶が人糞《じんぷん》だということがよく見えている。が、男のほうは完全に術にかかっているらしく、自分は結構なお座敷で、きれいな年増《としま》と差し向い、お茶を楽しんでいるのだ、と思い込んでいるようだった。わたしは男がすこし可《か》哀《わい》そうになってきた。がしかし、狐が人間を化かす場面なぞ、一生のうちにもそう何度もお目にかかれるものではない。大声をあげて狐の術を解いてやろうとは思わないでもなかったが、そういう慈悲心はじっとこらえて、なおも女狐と男の様子を窺《うかが》っていた。

『あッ、そうそ』

突然、女が軀をまうしろに捻《ひね》った。

『錦屋のお饅頭《まんじゆう》があったんだわ』

その背後には切株があり、その上にからからに乾燥した馬糞が二、三個置いてあった。

『召しあがれ』

女は馬糞を一個つまんで、男の鼻先へ差し出した。

『釜石の名菓なんですよ』

わたしはそのときで釜石在住二十数年目を迎えていたが、錦屋などという菓子屋は聞いたこともなかった。だからわたしはそのとき、

(狐のやつ、調子に乗って口から出まかせを言ってやがる)

と、思ったものだよ。
『ありがたい』
男は女の手から馬糞を受け取った。
『ふうん、なんだか馬糞のような色をしているなあ』
『ですから、別名を馬糞饅頭。でも、おいしいですわよ。甘さがくどくなくて』
『では』
男は大口をあいて馬糞をのみこんだ。そしてもぐもぐ。やがてごくり。しまいに、
『うまかった』
と、舌鼓。
『もひとつ召しあがれ』
女がまた軀をうしろに捻りかけるところを男が飛びついて押えつけようとした。
『饅頭はもういい。そろそろ毛の生えた饅頭の方をいただきたいな』
『まあ、いきなり抱きついてくるなんて、乱暴な方』
女は男の手をするりと抜けて、左へ逃げた。むろん本気で逃げているのではない。
男をじらしているのだ。
『そういう約束だったじゃないか』

男は迫った。女は嬌声《きょうせい》をあげながら草の上を転がる。

『さあ、つかまえた』

とうとう男が女の上に乗った。もっとも、〈女の上に乗った〉とは男になりかわった言い方で、狐の上に男が乗った、というべきが正しいだろうがね。

『あらまあ』

揉《も》み合っているうちに女が叫んだ。

『あなた、本当に人間なの？』

女の上でズボンを脱ごうと焦っていた男がぎくっとなって、

『ど、どういう意味だ？』

『だっていまあなたのぶらさがりものにちょいと手が触れたのだけれど、あんまり長くて太いんですもの。ひょっとしたらあなた、馬が化けているんじゃないでしょうね』

『冗談じゃない。ぼくは正真正銘の人間さ』

『怪しいものね』

『ふん』

こんどは男が鼻の先で笑った。

『きみこそ人間じゃないんじゃないか』

『な、なぜよ』

女はさすがにぎょっとなって、大股《おおまた》開きに開いていた股を閉した。

『なぜ、そんなことをいうのよ』

『すらすらと男に抱かれようというところが、どうも臭い』

こいつはおもしろくなってきたぞ、とわたしは思ったね。女の正体が狐であることはとうにわかっていたが、男が馬の化けたものではないか、というのはいわば新事態。女が見抜いたとおりに、男が馬の化けたものであれば、これは狐と馬の化し合い、千年に一度か二度の観物《みもの》だ。わたしはこの世紀の対決をもっとしっかりと見きわめようと考えて、また右の人差し指の先を舐《な》め、それを障子に突き立てて覗き穴をもっと大きくひろげようと思った。が、今度は前のようにうまくは行かぬ。どういうわけか障子紙がけものの皮のように硬くて丈夫なのだ。そこでなおも指先で障子紙に穴をほじくっていると……

『犬伏さん、あんた、そこでなにをしているんだい？』

という声が、わたしの背後《うしろ》でした。声のした方を見ると、そこに仲間の庄さんが立っていた。

『犬伏さん、あんた、いったいどこをほじくっているんだよ』

『しーっ』

わたしは、声を出すなと目顔で合図した。

『いまこの障子の向う側で、狐が旅の男をたぶらかしている最中なのだよ。そして、その旅の男がひょっとすると、馬の化けたものかも知れないんだ』

『なにをばかな』

庄さんが笑い出した。

『障子なんぞどこにあるというのかね。犬伏さん、あんたのほじくっているのは馬の尻の穴だぜ』

わたしははじめ庄さんが狂ったのかと思った。だってそうじゃないか、庭があり、鶏が啼き、猫がねそべっているのを、わたしはたしかにこの目で見、この耳で聞いたのだ。それがなぜ庄さんには見えず、そして聞えないのか。そして、障子の穴を馬の尻《しり》の穴だなんて、でたらめにも程があるというものだ。

だが、障子の方へ向き直ってみて、わたしは庄さんが正しかったことを一瞬のうちに悟った。たしかにわたしの目の前にあるのは馬の尻の穴だった。むろん、目の前にあるものが馬の尻の穴だと気付いたとたん、庭も、鶏も、猫も、吊《つる》し柿も、そして家もすべて消え失せ、あたりはただざやさやと風に鳴るすすきばかり。遠くで百姓がすすきを刈っているのが見えた。すると馬はあの百姓のものだったのか……」

　ぼくはとうとうこらえ切れなくなって吹き出してしまった。

「つまり、おじいさんが狐にまんまと欺《だま》されていたんですね」

「そういうことさ」

　老人は苦笑いをして頭を搔《か》いた。

「旅の男もなにもかもすべて狐がでっちあげた絵空事だったのさ。わたしは最初からしまいまでただ馬の尻の穴を覗いていたにすぎなかった」

「よく馬に蹴《け》っとばされませんでしたね？」

「それがまあ不幸中の幸いだったがね」

　老人はここで湯呑茶碗に白湯《さゆ》を注ぎ、

「いまでもわたしは秋の夕暮れの山道で女に逢《あ》うと、そのたびに眉《まゆ》に唾《つば》をつける。よっぽどこりたらしいよ」

　と、その白湯をちびちびと舐めるように飲んだ。笑い疲れて、岩屋の外を見ると、すすきがあいかわらず風に揺れていた。そしてそのすすきの林の中をだれか女の人がすっと通り抜けたような気がしたが、それはむろん、老人から妙なはなしを聞かせられたために視た幻にちがいない。

「すこし他愛《たわい》のないはなしだったかもしれないが、いまのはなしにわたしの総《すべ》てがこめられているんだよ」

　老人は岩屋の奥の万年床の上に放り出してあったトランペットへ手を伸した。

「天婦羅油のお返しといってはなんだが、これをあんたに進呈しよう」

　老人はぼくにトランペットを差し出した。

「独乙《ドイツ》のホーナー社の製品だ。名器とはいえないだろうが、けして悪い品ではない」

「こんな高価なものはいただけません」

　ぼくは押し返した。

「それにぼくは音痴だし、楽器に興味がないんです。それより、いまの狐に化かされたはなしのなかにおじいさんの総てがあるとおっしゃいましたけど、ぼくにはなんのことかちっともわからない。依然として辻褄《つじつま》が合いませんよ。『雉子娘』のなかの疑問もまったく解決していないし、だいたいおじいさんはどうして毎日お昼になるとこのトランペットを吹くんです？」

「自分で吹いてごらん」

　老人は優しい眼になった。

「すべての謎《なぞ》が解けるはずだから。さあ、狐に騙《だま》されたと思って、ふうっと息を吹き込んでみなさい」

老人の声音には断乎《だんこ》とした気合いが籠《こも》っていた。その気合いに圧されてぼくはトランペットのマウスピースに唇を押しつけた。微《かす》かに松脂《まつやに》の匂《にお》いがした。息を吹き込んだが、むろんなんの音もしない。

「もっと口をつぼめて」

老人は口をつぼめて突き出し狐面《きつねづら》をしてみせた。

「そして強く。何回も」

教えられた通りにぼくは何度も何度も強く息を吹き込んだ。やがて息切れがして、目の前が靄《もや》がかかったように白くかすみだした。

「……あんた、こんなところで松の枝を咥《くわ》えてなにをしてなさる」

背後で塩辛声がした。振り返ると背負子《しょいこ》に小山のように山草を積んだ中年の男が立っていた。丸い顔に汚れた手拭《てぬぐい》で頰冠《ほおかむ》りをしている。

「ぼくが吹いているのは松の枝なんかじゃありませんよ。ホーナー社の……」

ぼくは途中で口を噤《つぐ》んだ。というのは男が言うようにぼくが咥えていたのはトランペットではなく松の枝だったからだ。はっとなって犬伏老人を見る……ことはできなかった。ぼくの前にあったのは青草でほとんど入口を覆《おお》われた狐穴だったのだから。

「ははあ、騙されたんだね」

男は頬冠りをほどいて顔の汗を拭った。

「で、あんた、なにか騙し取られたかね」

「……天婦羅油をひと罐《かん》」

ぼくはのろのろと立ち上った。

「それに時間を少々……」

「天婦羅油なら源五郎狐だ。やつはこのあたりの狐どもの差配でね、天婦羅油を舐めるのが大好きなんだよ。源五郎のやつめ、とっくに五葉山あたりへ引っ込んだと思っていたが、まだこのへんをうろうろしているようだな。今夜あたり虎弾きでも仕掛けておこう」

男は頬冠りをしなおすとゆさゆさゆさと山草を揺って療養所の方へおりて行った。ぼくは松の枝を狐穴に叩《たた》きつけてやろうと考えたが、すぐに思い直した。そしてぼくはそれを大事に持ちかえて、

「あんたが狐だったのなら、なにもかも辻褄が合うなあ」

と呟《つぶや》いた。そのとき、山の斜面を風が馳《か》けおりてきてさやさやとすすきの林を鳴した。

解説

扇田昭彦

最近、井上ひさし氏に同行して、インドネシアを旅してきた。ある雑誌の依頼による井上氏の取材旅行に、井上氏の好意で私が同行することができたのである。合わせて八日間ほどの短い旅だったが、ジャワのジョクジャカルタ、ソロからバリ島を回り、各地で毎日のように舞踊劇を見、ガメラン音楽を聴いて、実に刺激的な日々を過ごした。井上氏も私も、インドネシア行きは二度目だったが、密度の濃い、感性を日々おしひらかれるような驚きにあふれた旅だった。

この旅のあいだ、インドネシアのすばらしい自然と人のなかで、実は私が考えていたのは、井上ひさし氏の『新釈遠野物語』（一九七六年）だった。あるいは『新釈遠野物語』の背景にある柳田国男の名著『遠野物語』（一九一〇年）だった。周知の通り、『遠野物語』は、岩手県上閉伊《かみへい》郡遠野町（いまの遠野市）に伝わる伝説と説話を、明治時代末、柳田国男が遠野出身の友人の佐々木喜善（鏡石）からの聞き書きという形でまとめた本であり、日本民俗学の出発点となった画期的な著書である。

なぜ日本をはるかに離れた南半球のインドネシアでこの二冊の本のことが思い出されたのかといえば、それは何よりもこの国の、人々が大いなる自然と、さらには神々や精霊たちと交感し、一体化しつつ生きている姿にあらためて驚きと感動を覚えたからだった。むろん、いまインドネシアの近代化は急激に進んでいる。だが、都市から一歩外に出れば、そこにはまだ圧倒的に豊かな自然が待ち構えており、ランプがともる深く長い本当の夜が私たちを包みこむ。宗教も精霊信仰（クバティナン）も伝説（ドンゲン）も、ここでは人々の日常生活に密着して生きている。リー・クーンチョイの『インドネシアの民俗』（一九七六年、邦訳サイマル出版会）は、いまなおこの国のいたるところに生きている伝説について、次のように書いている。それはおそらく柳田国男が明治末年に『遠野物語』を書いたころの遠野郷の人々の生活状況とかなり重なりあうものだろう。

「これらの伝説は、口伝てに何世代も伝えられた文化的伝承の一部を形成している。家族が集まった時とか、村の集会の際に、長老たちは子供にせがまれて興味深い話を聞かせる。年のいかない子供たちにとって、そのような話から受けた影響は、容易に薄れるものではない」（伊藤雄次訳）。

ことに大事なことは、この国ではまだ、神話や伝説ばかりか、精霊や死者たちとの交感までもが、リアルなものとして人々の心のなかに棲《す》み家を持ちつづけているということだろう。バリ島で私たちは、この国に何年も住んでガメラン音楽の研究に打ちこんだ日本人の若い女性に出会ったが、その聡明で魅力的な女性は、「バリでは最近まで、人が空を飛んでいたんですよ」と事もなげに語って、私たちをびっくりさせたのだった。

と、ここまで来れば、なぜ私がインドネシアで『遠野物語』の世界を思いうかべたのか、おぼろげながらもわかっていただけただろう。はるかな南の国の人々の生活と夢は、時空を超えて、『遠野物語』の世界に通じていると、私には思われたのだ。

だが、それは別のいい方をすれば、私たちは他ならぬ現在のこの日本においては、驚異にあふれた『遠野物語』の世界を、生活に密着したリアルなものとしてはほとんど見失ってしまったということを意味する。私は残念ながら、『遠野物語』の舞台になった岩手県の遠野市をまだ訪れたことはないが、もし訪れたとしても、いま遠野の人々の心のなかに、『遠野物語』の世界が生きつづけているとは信じられない。いや、遠野だけではあるまい。おそらくは日本中どこへ行っても、人間が自然や野生の動物たちと交流しあい、他界や土地の神々と交感しあう生活と精神が健在な場を見つけるのはむずかしいだろう。

インドネシアを旅していて、どこに行っても目についたのは、亭々《ていてい》とそそりたつ見事な巨木のつらなりだった。車で通りすぎる街道筋のいたるところに、自然のみなぎる力を体現するかのような鬱蒼《うっそう》たる巨木のかずかずが濃いしっとりとした陰をつくっていた。

「ぼくたち日本人は、ついにこうした樹々《きぎ》を失ってしまったんだな」と、井上氏は豊かな巨木たちをなつかしそうに見上げながらつぶやいていたものだが、あの樹々と同じように、万物と交感しつつ驚異に開かれた眼をもって生活する道をも、私たちはどこかで見失ってしまったらしい。

その意味で、井上氏のこの『新釈遠野物語』は、私たちがほとんど失いかけようとしている根源的な大きなものを、『遠野物語』をテコにして、哄笑《こうしょう》とともによみがえらせようとする実に愉《たの》しい試みの書なのだ。

だが、そこは才人の井上氏である。『新釈遠野物語』は、『遠野物語』のたんなる延長線上にはないし、ましてパロディではない。あえていえば、この書は、『遠野物語』の世界に敬意を払い、それを下地としつつ、しかしある部分では、柳田国男の方法に批評的な異論を唱える試みですらあると思われる。

ここで考えなければならないのは、井上ひさし氏が東北の出身（山形県東置賜郡川西町）であり、若くして亡くなった作家志望の父親の蔵書の一冊であった『遠野物語』に、若いころから親しんでいたということである。上京して上智大学に入学した井上氏は、入学早々、大学に失望して休学届けを出し、当時母親が住んでいた岩手県釜石市に帰省して、やがて国立釜石療養所の事務員となった。そのころのことは、そのまま『新釈遠野物語』の第一話『鍋の中』の「ぼく」の経歴に重なりあう。この釜石療養所は、事実、「港町（＝釜石市）から歩いて二時間ばかり遠野の方角へ逆もどりした山の中」にあって、これも小説に描かれている通り、療養所の医事係だった作者は、「入所患者の自己負担分の医療費の請求のために」、遠野まで出かけていく機会が多かった。

それだけに、遠野という土地に親しみ、遠野に愛着する井上氏の気持は相当強いものがあったらしく、最近、井上氏が私に語ったところによると、「遠野が自分を呼んでいると思うほど、遠野にのめりこんでいた時期があった」。

遠野に寄せるこうした井上氏の思いは、すでに氏のさまざまな戯曲や小説に、さりげない形で姿を現わしている。劇作家としての井上氏の事実上のデビュー作は、一九六九年に初演された戯曲『日本人のへそ』だが、この劇のヒロインであるストリッパー「ヘレン天津」は「岩手県の山奥」の出身であると設定され、彼女が中学を出て集団就職の仲間たちとともに汽車に乗るとき、それは他ならぬ「遠野駅発車」である。氏の直木賞受賞第一作『江戸の夕立ち』（一九七二年）にも、語り手の江戸の太鼓持ちがはじめて東北で富本節を語る場所として「遠野」が登場する。いや、そもそも、井上氏の大長編『吉里吉里人』にしてからが、『遠野物語』に登場する地名「吉利吉里《きりきり》」から発想されているのだ。

　つまり、東北人として遠野に深い愛着を持てば持つほど、井上氏には、『遠野物語』を手放しで賞賛することはできなくなっていったのだろう。さきにのべた会話のなかで、井上氏は私にこうもいったのである。「『遠野物語』が名著であることは、むろん疑いようがない。だが、元来が語りものであった土地の昔話が活字として定着したとき、大きなものが失われてしまうことにも注意しなくてはならない。さらに東北出身である私には、どうもこの名著に〝収奪〟という感じを抱いてしまう。地方の文化が中央に召しあげられたという気がする。むろん、中央に対抗できるものが、当時地方になかったことが問題なのだが」。

　こうした立場から、井上氏は『新釈遠野物語』を書くにあたって、『遠野物語』では省略されていたもの、つまり昔話の語り手と聞き手、そして語りの調子を復活させた。それはいいかえれば、もともと語り手と聞き手という親密な関係の場がなくては成立しえない、演劇的行為としての物語の構造を重視するということである。柳田国男が、それ自体としてはまぎれもなくすばらしい緊密で簡潔な文語体を駆使して、見事な民俗学的、文学的世界として成立させた説話を、井上氏はより原型的な方向へ、つまりより演劇的な方向へ引きもどして再構築してみようとはかったのである。

こうして、この九編からなる連作物語集は、遠野から遠からぬ山のほら穴に住む、語り手としての「犬伏老人」と、聞き手としての青年の「ぼく」との対話というスタイルを終始保ちつつ、のびやかに展開する。語りものとしての構造を崩すまいというのだから、当然、話には中断があるし、「ぼく」からの質問や異論も出る。とくに話が山場にさしかかると、「犬伏老人」は決まってもったいぶって煙草《たばこ》を一服吸いつけたり、鉄瓶からおもむろに白湯《さゆ》を飲んだりして、「ぼく」と私たち読者をいらいらさせるのだが、これも往時の昔話の雰囲気や間合いを復元しようとする作者の楽しい工夫である。

『遠野物語』が山の神や里の神、天狗《てんぐ》、山男山女、河童《かっぱ》、あるいは猿や狼《おおかみ》や熊《くま》、狐《きつね》などと人間たちとの交渉と交感を実にリアルに描き出したのと同じように、ここにおさめられた物語も山男、河童、動物、魚などと人間との交流を、「犬伏老人」の体験談、実見談という形で描いていく。どの作品にも、奇抜でゆたかな発想と、のびやかな人情味とあたたかなユーモア、サスペンス小説を読むにも似た戦慄感があり、常識的な世界がくるりと一回転して、驚異の大きな扉がゆっくりと押し開かれてくるのを私たちは目撃する。

山男にさらわれた女の話は『遠野物語』にも何回か出てくるが、第一話『鍋の中』はその巧みな変奏曲で、最後のどんでん返しもおもしろい。第二話の『川上の家』はことに印象の強い作品だ。「遠野の川童は面《つら》の色赭《あか》きなり」と『遠野物語』の〈五九〉の話にあるように、ここに登場する河童そっくりの少年「川辺孝太郎」の顔も「赤土をべったりとなすりつけたように赤かった」。少年時代独特のおののくような感性と想像力に支えられて展開するこの物語の夢幻的な戦慄感はすばらしいもので、作者が愛する宮沢賢治の『風の又三郎』の味わいまでが添えられているあたり、賢治の愛読者にはうれしいところだ。

馬と人間の娘との交情は、『遠野物語』の〈六九〉の話に出てくるが、おそらくはこれを下敷きにした第四話『冷し馬』も、すぐれた出来ばえだ。前兆をめぐる話は『遠野物語』に何編も登場するが、予言を含む話を売る老人をめぐって展開する第六話『笛吹峠の話売り』は、これに男女の愛情の機微をからませたのがうまい趣向で、幕切れのどんでん返しは私たちに鋭い驚きと感銘を与えずにはおかない。

第七話の『水面の影』は、この物語集のなかではただひとつ、超現実的なものを含まない作品で、語り手の老人が経験する中橋鉱山での残酷物語には、井上氏が『江戸の夕立ち』で描いた釜石鉱山の残酷物語に響きあうものがある。人間に変身する魚の怪異譚《たん》が第八話の『鰻《うなぎ》と赤飯』で、哀《かな》しくグロテスクな味わいの冴《さ》えでは、第二話『川上の家』に匹敵する。

そして最後をしめくくるのは、第九話『狐穴《きつねあな》』なのだが、ここに至って、この連作物語集をつらぬく奇抜な仕かけが一挙に明らかになって、私たちは驚き、笑いころげながら、巻を閉じることになる。これからこの本を読むかもしれない読者のためにも、このタネを語ることはさし控えるが、この仕かけの性格自体が、説話の世界にいかにもふさわしいものだということは言っておこう。連作物語集に奇抜なトリックを仕組む井上ひさし氏の悪戯《いたずら》ごころは、本書につづく氏の連作短編集『十二人の手紙』(一九七八年)でも、大いに健在である。

要するに、『新釈遠野物語』で作者が強調しようとしたのは、この世界を固定した見方でとらえるのではなく、日々新鮮な驚異と賛嘆のまなざしでみつめる姿勢だったと私には思われてならない。この本で展開する物語の多くは、たしかに常識的で合理主義的な見方からすれば、荒唐無稽《むけい》で怪しげな超現実の物語ばかりだと思われるかもしれない。だが、私たちの生命が、たんなる個的なものではなく、実は驚くべき事象にあふれた自然や宇宙の大いなる息づかいのうちにあることを感じとるとき、これらの物語はフィクショナルな限界を超えて、切実なリアルなものになる。G・K・チェスタトンがおとぎ話について語った次のことばに、私は全面的に共感するが、おそらくは『新釈遠野物語』の作者も、そのひそかな支持者のひとりにちがいない。「おとぎ話は空想ではない。おとぎ話に比べれば、ほかの一切のものの方が空想的である」（『正統とは何か』）

（一九八〇年九月、演劇評論家）

この作品は昭和五十一年十一月筑摩書房より刊行された。